TAKE
SHOBO

デレた推しの溺愛ファンサにきゅん死です

死亡フラグ満載の枢機卿猊下の妻になりました

藍杜 雫

Illustration
氷堂れん

contents

プロローグ　わたしの余命はあと三年　006
第一章　死にたくないから初夜を迎えます　027
第二章　伯爵家の女主人として押し倒されました　067
第三章　冷えきった実家と旦那さまとの距離の近さと　126
第四章　ギュンターのささやかな仕返し　177
第五章　伯爵家の女主人として采配をふるいます　200
第六章　迫りくる死の運命をえっちで回避します　228
第七章　いつからこんなに愛していたのか　263
エピローグ　しあわせな日々は笑い声とともに　312
あとがき　318

イラスト／氷堂れん

デレた推しの溺愛ファンサにきゅん死です

死亡フラグ満載の枢機卿猊下の妻になりました

プロローグ　わたしの余命はあと三年

『ずっと後悔していた……政略結婚だからと妻に冷たくしたことを。ただ式を挙げただけで初夜もせず、まるで彼女が存在しないかのように顔も合わせなかったことを……』

高らかに祝福の鐘が鳴り響くと同時に、ツェツィーリアの頭のなかにそんな苦悩に満ちた声がよみがえった。

聞いているこちらが胸が痛くなる切ない声は、しかし現実のものではない。

いまは結婚式の真っ最中。

聖教会の高い薔薇(ばら)窓から降り注ぐ光のなか、目の前にいる新郎はツェツィーリアと目すら合わせない冷たい態度で、そんな悔恨の声を漏らす素振りは欠片(かけら)も見せていなかった。

その声を聞くまでツェツィーリア自身、彼の冷たい態度に暗い未来を感じとり、沈んだ気持ちでいたくらいだったのだから。

――しかしこの瞬間、ツェツィーリアはすべてを思いだした。

ここが前世でプレイした恋愛ゲームの世界だということを。

（わたし……恋愛ゲームの攻略対象の死んだ妻――ツェツィという愛称くらいしか出てこないモブキャラに転生している⁉）

「待って……ちょっと落ち着いて……」

いきなり降ってわいてきた記憶に動揺するあまり、緋毛氈を歩く途中で立ち止まる。

ツェツィーリアは結婚式らしく着飾り、袖の長い真っ白なドレスに、金糸の刺繍飾りが施された深紅のガウンを纏っていた。

珍しいローズピンクの髪も一部分を編みこみにして、ティアラを被っている。

見ている人がため息を零すほど美しく着飾ったその姿とは正反対に、暗澹とした未来を思いだしてしまった。

ギュンターとの結婚式の最中ということは、ここはゲームがはじまる十年前の世界だ。

そして、この結婚式から三年後、ツェツィーリア――ツェツィは死んでしまう。

結婚相手であるギュンターをひとり残して……。

ツェツィは立ち止まった自分を振り向こうともしない青年を見上げた。

五段ほど階段を上った壇上に立つ彼は、隣に並んでいるときでさえ、ツェツィより頭ひとつ以上背が高い。

背中と立ち姿だけで厳然とした空気を漂わせ、ほれぼれとする体格をしている。

ギュンター・バルドゥル・フォン・クレヴィング。

クレヴィング伯爵という身分もあるが、いま結婚式を挙げている、この聖教会の枢機卿としての名のほうが知られている。

なにを隠そう、前世でのツェツィの推し――ゲームのなかで一番好きなキャラクターだった。

冷酷な枢機卿猊下にして元妻帯者。ほかの攻略対象より年齢が高めの四十才という設定で、顔がいい渋いおじさま――いわゆるイケオジの魅力で一部のプレイヤーに熱狂的な人気を誇っていた。もちろん、ツェツィもそのひとりだ。

顰め面の塩対応ながらも紳士的な彼の立ち姿は、転生したいまも瞼の裏に鮮やかに焼きついている。

ゲームのなかで交流を深めると、彼が枢機卿として働きすぎたがゆえに神聖力が失われ、教皇候補から脱落したこと。それに、彼の元妻が七年前に亡くなっていて、残された症状の記録から彼女が『魔力過多症』という病気だったということがわかってくる。

『魔力過多症』はゲームのなかでヒロインとギュンターが交流するなかで治療方法が明かされる病で、元妻が病に冒されていたときには――つまり、現在はまだ症状さえ知られていない未知の病気である。

そこまで思いだして、ツェツィはギュンターの背中をいま一度見つめた。

極上の銀糸のような髪は肩よりわずかに長く、光を浴びてきらめいている。

結婚式用の豪奢な祭服を着ていても隠せないがっしりとした体躯は、彼が本来は軍閥の家系だと知らしめているようだ。

膝より長い白地の長衣には晴れの日にふさわしい金糸の縁飾りや刺繍が施され、肩には目が覚めるように鮮やかなエメラルドグリーンの肩掛けをひらめかせていた。

目にも綾な刺繍飾りよりも、男性的な色香を漂わせる体のラインに思わず目が奪われてしまう。

（盛装をした旦那さまはこんなに素敵なのに……）

あと三年しか生きていられないなんて……。

迫りくる死の恐怖を思い、ツェツィの手は自然と震えていた。

いまこの瞬間さえ、まるで砂時計の砂がさらさらと落ちていくように、刻一刻と自分の死に近づいている。そう思うと、華やかな結婚式がすべて嘘で、バージンロードが死へとつづく葬礼の道に見えるほどだ。

（前世でも若くして死んだのに、今世でもまた二十三才の若さで死んでしまうなんて……）

――嫌だ。死にたくない。

余命を知るという感覚は、じわじわと真綿で首を絞められるようで、言葉に言いあらわせないほど恐ろしい。

ぶるぶると震えたまま、この場でくずおれてしまいたかった。

ただでさえ恐怖で足がすくんでいるというのに、ツェツィの耳に、ざわめく周囲の声が聞こえてきてまた感情が揺さぶられる。

「ねぇ、見て……クレヴィング枢機卿猊下は花嫁に興味がないって話、本当みたいね」

「国王陛下の勅令で決まった結婚なのに、一度も公爵家に顔を出さないまま、今日の結婚式を迎えたのだとか……」

「普通は、もう少し花嫁の歩く速度に合わせて花婿がエスコートするものじゃないか？　花嫁なんてまるで存在しないかのように振る舞うとは……」

「花嫁にしてみれば、今後の結婚生活が思いやられるわね」

どうやら花嫁をまったく気にかけないギュンターの様子が話題になっているようだ。

ギュンターの悪口が言いたいのか、ツェツィの不憫さを面白おかしくあげつらねたいのか。

その両方なのだろうとツェツィは思う。

この結婚は、ツェツィの実家である公爵家の権力に、伯爵家が屈した形で成立したもので、彼の矜持を傷つけた。だから、こんな公の場ではなおさら、ギュンターはツェツィを気にかけるわけにはいかない。

それでいて、彼はびくびくと怯える年若い娘をまったく気にかけないほど冷酷になりきれていなかった。

いまだって精一杯冷たい素振りを見せていても、それは表面的な態度だけで、周囲の声やツェツィの衣擦れの音を聞いて意識しているのが、背中のわずかな動きから伝わってくる。

そんなギュンターだからこそ、ゲームのなかでは、元妻――ツェツィを死なせたことへの悔恨でずっと苦悩するのだ。

(それなのに、誰があんな悪口を言ってるの?)

顔を確認しようとツェツィが振り向くと、列席者のご婦人はさっと扇で顔を隠した。

貴族らしい振る舞いに呆れるとともに、所詮、相手をしても無駄なのだと痛感させられてしまう。

天を突くように天井が高い聖教会の回廊に、ずらりと並んだ列席者たち。

前方にいるのは貴族たちで、華やかな装いの陰に悪意に満ちた棘を隠している。それは公爵令嬢であるツェツィもよく知っていた。

貴族席の後方――柵で区切られた向こうには一般市民の参列者たちが並んでいる。

彼らもまたギュンターの振る舞いにざわめいているのは、高い天井に反響するどよめきから伝わってきた。

どうやら一般市民の間にもアンハルト公爵家とギュンター枢機卿の不仲の噂は広がっているらしい。

この結婚を歓迎しているのか、ただ退屈しのぎに面白いことでも起きないかとハプニングを期待して見物に来たのか。

どちらかといえば後者のほうが多いように見えた。

自分の前世を思いだして衝撃を受けているなんて、他人にわかるわけもない。

立ち止まったまま、そんな思考に陥っていたツェツィを不審に思ったのだろう、

「ツェツィーリア・イリス・フォン・アンハルト、祭壇の前まで上がってきなさい」

結婚式をとりしきる教皇から声をかけられた。

聖教会の権威を一身に体現したかのような教皇は、波のきらめきを思わせる円形の青銅を連ねた飾りをきらめかせ、頭上には聖獣を銀糸で刺繍した頭冠をかぶっている。

年老いた教皇が発したにしては張りのある声は朗々と響き、物思いに耽るツェツィを現実に引き戻した。

緋毛氈のやわらかい感触を踏みしめながら、記憶をゆっくりと辿っていく。

仕事に没頭していた平凡な会社員――それがツェツィの前世だった。奨学金や親の借金を抱

え、朝から晩まで働いていたせいで、体が限界だったのだろう。

ある日、会社の階段から落ちた。

――ああ……今日は推しの3Dライブがあるのに……見られないなんてついていない……。

そう思ったのを最後に記憶は途切れたから、自分はそこで死んでしまったらしい。明確に覚えていないのに、体が冷えていく感覚だけは生々しくよみがえって来る。

若くして簡単に死んでしまったかと思うと、ただただ悲しかった。

(つまり、そこからわたしは異世界に転生したってことかしら……)

ツェツィとして生きてきた記憶ももちろんある。

この結婚式に至った過程も覚えている。

正直に言えば、ツェツィとしても、あまり楽しい人生ではなかった。

義母とのやりとりや異母妹を優先する実の父親のことを思いだすと、それだけで足がすくんで動けなくなるほどだ。

でも、立ち止まるわけにはいかない。

(まだわたしは生きているんだから……)

この世界に生まれ変わったのだとすれば、今度こそ社畜として生きるのではなく、楽しい人生を送りたいし長生きもしたい。

――自分の余命があと三年だなんて……受け入れられない。

長生きしたのちに余命宣告されたのならまだしも、ツェツィはまだ二十才の花の盛りだ。

素敵な旦那さまと結婚するのに、結婚生活が三年しかないなんて信じたくなかった。

ゲームがはじまったときにはすでに死んでいたツェツィに死亡フラグというものはない。でも、ひとつだけ回避する方法はある。

（今宵、わたしが無事にギュンターと初夜をすませること……）

それがツェツィにいまできる最善の行動だった。

振り向いてもくれず、階段を上がる自分に手をさしのべてくれるでもない花婿の隣へと一歩踏みだして並びたつ。

すると、教皇が片手に持った香炉を揺らし、低い位置で頭を垂れるツェツィとギュンターの頭上に燻された香木の煙をかけた。

「蒼天高く鐘の音が鳴り響き、神の恵みに癒やされしこの地に、新たなる祝福を授かります。聖なる翼、聖なる鱗を持つ聖獣オルキヌスに、また一組の愛し子らが婚姻の誓いを立てることをご奏上申しあげます」

書見台の前に立ち、聖典の頁をめくる教皇を確認して、ツェツィはちらりと隣に立つギュンターの横顔を盗み見た。

「ギュンター・バルドゥル・フォン・クレヴィング、誓いの言葉を……ギュンター？」

不快感を露わにした顰め面は、いま婚姻の秘跡を授けられている新郎としては落第だろう。

しかし、頬骨が高く、骨格のしっかりしたギュンターには顰め面がよく似合う。ゲームの画面で親の顔よりも見た壮年の面影は、十才若いいまの顔立ちのなかにも見いだせた。

「……私、ギュンター・バルドゥル・フォン・クレヴィングはここにいるツェツィーリア・イリス・フォン・アンハルトを妻とし、蒼穹が落ち、聖獣オルキヌスに祝福されたこの地が崩れ、大海が涸れようとも、この誓い破らるることなし。互いに息絶えるその日まで」

早口に、誰が聞いても投げやりな口調でギュンターが言う。

もし前世を思いだしていなかったら、ツェツィは自分が嫌われていると思い、傷ついていたに違いない。

しかし、これは嫌がらせではなく、彼のゲームでの性格そのままだった。

(好きなキャラの性格くらいわかっている……大丈夫)

いまは自分の余命をどうにかすることだけ考えようと、頭を振って迷いを振りきる。

教皇がこほんと咳払いをひとつして、またしても行動をうながされる。ツェツィはあわてて手を胸に当てて、紅を引いた唇を開いた。

「わ、わたし、ツェツィーリア・イリス・フォン・アンハルトは隣に立つギュンター・バルドゥル・フォン・クレヴィングを夫とし、蒼穹が落ち、聖獣オルキヌスに祝福されたこの地が崩れ、大海が涸れようとも、この誓い破らるることなし……互いに……息絶えるその日まで」

震える声でツェツィも誓いを口にする。

一度も視線を合わせないとはいえ、まさかゲームの推しと結婚式を挙げるなんて夢にも思わなかった。

（これがただの夢だったら、しあわせすぎて覚めてほしくないくらい……）

でも、三年後に迫る死の気配と戦うためには、一瞬のしあわせに浸って思考停止しているわけにはいかない。

（少しでも考えなくちゃ……どうしたらギュンターとの初夜をうまく成功させられるのかを）

ツェツィが緊張のあまり震えているのを、どんな意味だと受けとったのだろう。

教皇は震えるツェツィの手を、自主的にエスコートしようともしないギュンターの腕に御自らの手でわざわざ絡めてくれた。

自分の死を回避しようと考えているのに、推しキャラとの思わぬ接触に頭が真っ白になる。

（どうしよう……死にたくないのに、考えなきゃいけないのに……やっぱりうれしい）

手袋越しにそっと触れているだけなのに、自分の動揺が伝わっていないかと気になって、眩暈（めまい）を起こしそうだった。

推しはお触り厳禁などという概念が前世ではあったが、これからギュンターと初夜を迎えなければ待っているのは死だけだ。

綺麗事を言っている場合ではない。

ギュンターの腕に手を添えて並んで立つと、少しは結婚式らしく見えるのだろう。わぁっと祝福をこめた喝采があがった。

観衆の期待に応えるように、教皇が手を上げて式を進行する。

「では、誓いのキスを」

そう告げられたのに、ギュンターは動く素振りはない。そればかりか、焦る教皇の視線を無視して、こう言ったのだった。

「教皇猊下、結婚の秘跡を授ける際に必要な儀式は、聖典に触れて誓いの言葉を交わすことであって、キスは正式な儀式にはふくまれておりません」

その言葉には十分なほどの刺々（とげとげ）しさがこめられていた。

しかし、その冷ややかさで逆に、ツェツィは冷静さをとりもどした。

（キスは正式な儀式にはふくまれていない……なるほど。このギュンターの台詞（せりふ）は言質として使えるかも……）

簡単に攻略されないキャラクターが好きだった前世の記憶は、死の恐怖だけでなく、生きる希望も与えてくれる。

ツェツィは思考を巡らせて、にっこりとギュンターに微笑(ほほえ)んだ。

「わたくしは結婚の秘跡を授けていただけるだけで十分ですわ、教皇猊下。これでもう、わたくしとギュンター枢機卿猊下は婚姻の儀を終えた……そういうことで間違いありませんわね?」

――そう、大事なのはキスではない。初夜だ。

ここで譲歩するからこそ、あとでツェツィの思惑どおりに話を進められるかもしれない。

ツェツィの笑顔から無言の圧力を感じとってくれたのだろう。教皇は困惑した表情になりながらも、集まった人々に告げた。

「ギュンター・バルドゥル・フォン・クレヴィングとツェツィーリア・イリス・フォン・アンハルトは結婚の秘跡を授けられた。いまこのときより、ふたりは夫婦となったことを教皇ユスティヌス・フロー・メイリンクの名のもとに宣言する!」

ふたたびカランカラーン……と高らかな鐘の音がつづいて鳴り響く。

新郎新婦の間にどんなに気まずい空気が流れていても、儀式の空気というのは、参列した人々に感銘を与えるものなのだろう。わぁっという喝采があがった。

「結婚おめでとうございます、ギュンター枢機卿猊下!」

「おめでとうございます、アンハルト公爵令嬢！」

祝福の花が上階から降り注ぐと、さすがのツェツィもこの華やかな結婚式の空気に酔いはじめた。

（ああ、どうしよう。さすがに少し足がふわふわしてる……）

結婚式という儀式は、死の衝撃を受けてもなお、祝福に溢れている。

どんな状況だろうと、大好きな推しと結婚式を挙げてしまったのだ。

緊張としあわせとの振れ幅が激しくて、地面を踏みしめている感覚がなかった。

思わず、ギュンターの手にぎゅっとしがみついた次の瞬間、ツェツィの父親の顔が目に入り、さっと血の気が引いた。

にやにやと勝利の笑みを浮かべた父親――アンハルト公爵はギュンターの腕に手を添えて歩いてきたツェツィを見た途端、うまくやれと言わんばかりに大げさに拍手して見せた。

「クレヴィング枢機卿猊下、我が娘をしあわせにしてやってくれ！」

その言葉にじろりと刺すような視線を向けたギュンターは、ツェツィの手を振り払い、さっさと聖教会の中心を貫く緋毛氈を通り抜け、外へ出ていってしまった。

（この……最悪な父親のせいで……）

「まぁ、クレヴィング枢機卿猊下はアンハルト公爵令嬢にまったく興味がないみたいね」

「だってほら、アンハルト公爵令嬢といえば、遊び好きで有名な……」

「あの様子では、この結婚はすぐに破綻するだろうな」

花嫁を置いてひとりで行ってしまう花婿を見た人々は、容赦なくこの結婚を批評する。

——そのとおりだ。

ツェツィは腹の底に冷たい氷の塊を飲みこんだ心地になった。噂話が非道いからではない。すぐに振り払われた手にあらためて自分の境遇の不安定さを思い知ったからだ。

ギュンターはツェツィの父親と仲が悪い。単純に感情的な問題というだけではない。

アンハルト公爵は自分の派閥に属さないギュンターを枢機卿の座から追いおとしたがっている。自分の傀儡となる枢機卿をひとりでも増やして、聖教会にも自分の影響力を及ぼしたいという暗い欲望を抱いていた。

一方で、ギュンターは抜きんでた才能を持ち、またその権力者におもねない性格と手腕を教皇に気に入られている。

どんなにアンハルト公爵が横槍を入れても彼の枢機卿としての立場は揺らがなかった。

結果として、ツェツィの父親は、聖教会への介入をあきらめ、もっと別の権力——つまり、貴族社会の力を使って国王陛下に根回しし、自分の娘とギュンターを政略結婚させることに成功した。

そうやって、ギュンターを自分の思いどおりに操ろうと考えたわけだ。

当然のように、ギュンターだってアンハルト公爵の思惑はわかっているから、ツェツィをよく思っていない。

(この状況で……どうやって初夜をうまくやりすごせばいいのか……)

なかば途方に暮れた気持ちで、花婿のあとを追いかけて大扉から外に出れば、エントランスの階段の上で風に靡(なび)く銀色の髪がぱっと目に入った。

エントランス前の広場には街の人々が集まっていたが、警備兵に留められ、広間の前は開けていた。

蒼天(そうてん)の抜けるような濃い青と赤い屋根を持つ灰色の街との狭間(はざま)に、枢機卿猊下の盛装である白い長衣の裾とエメラルドグリーンの肩掛けが翻る。

肩にかかるか、かからないかくらいの髪が風を受けて揺れていた。

(――待っていてくれたんだ……)

そうわかって胸がぎゅっと切なくなる。

まるでゲームのスチル――イベント場面のように美しい光景だが、これは現実だ。

わかりにくいやさしさでも、ギュンターから示されるとうれしい。

彼とずっと夫婦でいたいというわずかな期待が頭をもたげた。

（やっぱりわたしの推し、推せる……！）

背後には刺繍飾りのある深紅のマントをかけ、裾の長いドレスを着ているせいで、重くて走れはしないが、心なしか足が軽くなった。ゆっくりとマントとドレスを引きずり、でも弾んだ足どりでギュンターの隣に並び、そっと腕に手をかける。

「お待たせいたしました、猊下」

にこにこと満面の笑みを浮かべてしまったのは当然だろう。

ゲームプレイ二周目にして、最初から冷たかったギュンターが、実はところどころでやさしさを匂わせていたエピソードに気づいたときと同じあたたかさが胸の裡に宿る。

真面目な表情をしようとしても、どうしたって口元がゆるんでしまう。

しかし、さきほどまで怯えていたツェツィの態度が豹変したのが不可解だったらしい。

触れた途端にびくっと身を強張らせたギュンターは、不快だと言わんばかりの顰め面でツェツィを見下ろした。

「おまえは……俺が恐いのではないのか」

「怖い……ですか？　猊下が？」

ツェツィはきょとんと首を傾げた。一番好きなキャラクターなのだからギュンターには好感を抱いている。怖いとすれば、三年後に死ぬかもしれないという自分の運命だ。

わけがわからないという顔をしていると、

「結婚式で花嫁の手を振り払う男のところへ嫁ぐのは嫌なものだろう」

つん、と顔を背けながらギュンターが先に結論を出していた。

その横顔があまりにも整っていて、思わずツェツィが見蕩(みと)れているなんて夢にも思っていないのだろう。

(スクショ！　なんでここにはスクショ機能がないの⁉)

自分の余命を知ってショックを受けていてもなお、叫ばずにいられなかった。

ゲームのなかの世界にいるというのは、好きなキャラを最前列センターという絶好の席で見られる光栄にあずかる一方で不条理だと思う。

この美しすぎる愁いを帯びた顰め面がわずかに拗(す)ねている瞬間を、永遠に保存する手段がないなんて、世界はなんて残酷なのでしょう。

思わず、ギュンターの珍しい顔をまじまじと見つめてしまった。

(ギュンターがここまでわたしを気にかけてくれるなら、初夜まで持ちこめる余地があるかもしれない……)

期待を胸に抱きながらギュンターに訴えかけた。

「アンハルト公爵家とクレヴィング伯爵家の関係を考えたら、猊下の振る舞いはちっとも不思議ではありません。大事なのはこれからですから……わたしはきっと……実家ではなく、猊下のお役に立ってみせます」

「……なんだと？」

警戒心も露わに問い返す顔もいい。

この反応をツェツィは待っていた。ギュンターの信頼を得るためには、父親と自分は違うのだと強く印象づける必要がある。

自分の旦那さまとなった人の素敵な相貌を見て、また見蕩れてしまったツェツィは必死に真面目な顔を取り繕って言葉をつづけた。

「いますぐ信じていただけるとは思っていません。でも、わたしはなにがあっても猊下の味方ですから！」

自分が生き残るためにも、ギュンターの害になるようなことは絶対にしない。

実家よりましな生活を勝ちとり、三年の余命宣告を回避できたら……という話ではある。

（でも、やっぱりギュンターのことがわたしは……好き）

ギュンターの銀髪が風に揺れ、灰褐色の瞳を驚きに瞠る顔をツェツィはじっと眺めた。

蒼天の下、大聖堂の入口でギュンターとまなざしが交錯した一瞬は、まるでふたりの気持ちが通じあっているかのような錯覚に陥るほど、長く感じた。

祝福の鐘がまた鳴り響き、ギュンターがはっと我に返る。

すると、視線の魔法が解けてしまい、彼はツェツィの手を振りきり、ひとりで階段を下りはじめてしまった。

「生き残るのよ、ツェツィ……」

ギュンターの背中に向かってツェツィは小さく呟いた。

早死にして転生した前世を思いだしたばかりなのに、結婚して三年で死ぬなんて虚しすぎる。

「ギュンターと……推しとしあわせに生きるためにどんなことでもしてみせる……」

——三日後に死なないためには、ともかく初夜をすませないと！

固い決意を秘めたその声はしかし、風に攫われ、周囲の歓声にあっというまにかきけされていった。

第一章　死にたくないから初夜を迎えます

結婚式を終えたツェツィとギュンターは馬車でクレヴィング伯爵家へとやってきた。

「ここが猊下のお屋敷……」

馬車を降りたツェツィはまるでこれから敵と遭遇する兵士のように緊張していた。

枢機卿のタウンハウスは古めかしくも重厚な外観でツェツィを威嚇するように聳(そび)えたっている。

坂が多い王都の構造上、貴族や枢機卿といえども、タウンハウスはあまり広くない。

むしろ広さより立地がすべてで、王宮に近い上街の一等地にタウンハウスを構えることこそがステイタスとなっている。

その意味ではギュンターのタウンハウスは中央聖教会にも出やすい通りに面しており、馬寄用の入口も確保してある好立地に建っていた。

このタウンハウスの位置だけで、教皇のギュンターに対する信頼度がよくわかる。

瀟洒な見た目に似合わず、なかの設備は最新式になっており、部屋のなかはあたたかく居心地がよかった。

ギュンターとともに過ごしている間、そのもてなしに手抜かりはなかった。

ウェディングドレスから屋敷で過ごすためのドレスへと着替え、お茶をいただいたあとで、準備ができた広間へと通される。

さすがは結婚式を挙げた日の夕食だ。さわやかな食前酒とともに運ばれてきた前菜にはじまり、こくのあるスープにメインの魚と肉の料理も目にも美しく飾られたプレートが運ばれてきて、ソースと絡めて食べるととてもおいしかった。

結婚式のためにきついコルセットを締めていたためなにも食べられず、お腹が空いていたツェツィの舌はよろこんでいた。

お腹が満たされると緊張がほどけて、

（このままなら実家の公爵家よりも快適に過ごせそう……）

などと呑気に思っていたツェツィは甘かった。

夕食を食べたあと、美しい屋敷の一角に案内され、女主人のための部屋だと言われたものの、周囲に人の気配が一切しなくなったことに気づいた。

「やっぱりこうなるわけか……」

優雅にソファに座りながら、苦笑いするしかなかった。

予想はしていたものの、屋敷にやってきた初日くらいはまともな扱いをされるのではないかと、かすかな期待を抱いていた自分が愚かだった。

ここは敵陣なのだという認識をあらたにする。

(味方はひとりもいない……自分でどうにかしなければ待っているのは……)

——死あるのみ。

本来、身の回りのことをしてくれるはずの侍女をツェツィは連れてきていない。

アンハルト公爵家の人間は屋敷に入れたくないとのことで、公爵令嬢の輿入れとしては異例なことに実家の使用人を連れてきていなかった。

もっとも頼んだとしても、父親がツェツィのために人を寄越してくれたかどうかは微妙なところだ。

自分の父親の性格をツェツィはよくわかっていた。

(寄越すとしたら、それこそクレヴィング伯爵家の内情を探るための密偵でしょうね)

ギュンターがツェツィ付きの侍女を断ったのは正解に違いない。

(父の密偵なのではないかとギュンターから疑われるより、ひとりで切り抜けるほうがずっとましでしょう)

なぜなら、ツェツィには前世で恋愛ゲームをプレイしたときの記憶があるのだから。

ツェツィがいる部屋は、書斎と応接間と寝室とがつづきとなっている。

一般的な貴族の屋敷の作りに加えて、女主人専用の化粧室や浴室、広々とした衣装部屋もあり、使用人用の控えの間も充実していた。

さすがは教皇お気に入りの枢機卿のタウンハウス。

部屋の装飾といい、家具の格調の高さといい、一級品ばかりだ。

ただの壁の蠟燭(ろうそく)立てさえ、聖獣オルキヌスを模した翼を広げる水龍の飾りがついている。

随所に飾りたてられた意匠を見ていると、この屋敷が聖獣の加護を与えられた枢機卿の屋敷なのだとひしひしと伝わってくる。

しかし、その加護が自分にまで及ばないのは、こうして放置されている段階であきらかだった。豪奢なマントルピースの紋章飾りの前でソファに座ったツェツィは、さてどうしようかと考えた。

本来なら、夕食のあと湯浴(ゆあ)みをして体を清拭(せいしき)し、初夜に備えるはずだが、猫足のついたバスタブに溜(た)められていたお湯はすでに冷めていた。

まだ夜は寒いこの時期に、こんなぬるま湯につかったら、風邪を引いてしまうだろう。

湯浴みはあきらめるしかない。ひとりでも着替えやすいドレスを持ってきてよかった。

どうにかひとりでドレスを脱いで肌着姿で足を洗い、簡単に体を拭く。

「こんな嫌がらせごときで挫けるわたくしではなくってよ」

まるで漫画に出てくる悪役のような台詞を吐いて、ツェツィは覚悟を決めた。

薄布でできた単衣のナイトドレスに着替え、その上にガウンを羽織る。

本来なら初夜を成功させるために、侍女が先導して案内してくれるはずだが、その必要はなかった。

案内もなく、あたたかく居心地がいい部屋を出たツェツィは、廊下を真っすぐに歩き、屋敷の中央を貫く螺旋階段までやってきた。

上と下に広がる二重螺旋階段を見て、ごくりと生唾を呑みこむ。

広い上に複雑な構造の屋敷を、ツェツィは案内なしでギュンターの部屋へ向かうという無謀な挑戦をするしかない。

彼の屋敷がゲーム内と変わっていなくてよかった。

（推しの屋敷の図面なら頭に入っている……！）

前世では最推しのキャラクターであるギュンターが好きなあまり、彼に纏わるゲーム攻略サイトまで作っていたことが功を奏した。

画像とゲームで言及されていた文章から推察して、屋敷の図面を作っていたから、初めて来たはずのタウンハウスでもどこか懐かしさを覚えるくらいだ。

　頭のなかに地図を思いえがく。

　枢機卿のタウンハウスはL字型になっている。L字の曲がったところと両側の隅、全部で三カ所に階段がある。

　ほかにも使用人専用の狭い階段があるのは知っていたが、今回は使うべきではないだろう。使用人の力を借りなくても、ギュンターの部屋に辿り着けるという、ツェツィの力を――女主人としての威厳を使用人たちに見せつける必要があるのだから。

　真ん中の二重螺旋の階段を上り、ツェツィの部屋がある中二階から二階に上がる。

　タウンハウスの構造上、半地下は倉庫。玄関前のわずかな階段を上がったフロアがエントランスになっている。半地下と一階の隅は使用人部屋がほとんどで、二階以上の居心地のいい階層を館の主が使うことが多い。L字型の階段を挟んで、互い違いに半階層がある構造は、よく図面を理解していないとわかりにくい。

　だから、ギュンターでさえ、使用人の案内もなく、ツェツィがひとりで彼の部屋までやって来るなんて夢にも思っていなかったのだろう。

　廊下に出てふたつめの扉を入り、二重扉の奥のほうの扉を叩くと、

「入れ」

と簡潔な許しの答えが返ってきた。

本来なら控えの間に従者がいるはずだが、仮にも結婚式を挙げた夜だからだろうか。侍従の姿はなかった。

許可を得たツェツィが室内に入り、書類を眺めて顔を上げもしないギュンターに近づくと、侍従が来たと思ったのだろう。

「もうあの女は寝たか？　面倒ではあるが、アンハルト公爵家から横槍が入っても面倒だ。面目が立つ程度には不自由のない生活をさせておけ」

気やすい口調でそんな声をかけられた。

「ありがとうございます、猊下。おかげさまで侍女もなく、冷めきったぬるま湯で体を拭くという新鮮な体験をさせていただきました」

正直に言えば、ぬるいお湯で体を拭くのは慣れていたが、ここではこのぐらい虚勢を張った嫌みを言うくらいでちょうどいいだろう。

ツェツィの台詞に、はっと顔を上げて目を瞠る推しの表情は珍しい。

（ゲームのなかより若いせい？　ギュンターってこんなに表情豊かだったんだ……）

顰め面ばかり見ていたギュンターの思わぬ表情を見ると、とくんと鼓動が甘く跳ねてしまう。

しかし、甘いときめきも推しへの萌(も)えも、命があってこそ。

――自分がなにをしにここまで来たのかを忘れてはダメ……。

「それは……私の管理不行き届きだ。女官長に言って使用人に徹底させるよう、きつく言い含めておこう。行っていい」

もう話は終わりだとばかりに、また手元の書類に視線を落とされる。

そんな冷たい態度にももう慣れてきた。むしろ推しらしい姿だと懐かしくなっているなんて、彼は思ってもみないのだろう。

立ち尽くしたままのツェツィが一歩近づいてきたことに気づいたギュンターは、ふっと顔を上げ、

「なんだ。まだほかに用があるのか？　私を殺しにでも来たのか？」

剣呑な光を宿した目でじろりと睨んできた。

予想外の台詞を言われ、ツェツィは首を傾げながら自分の両手に視線を落とした。

「わたしのこの細腕でどうやって猊下を殺せるでしょうか？」

「人を殺すのは必ずしも腕力とはかぎらないだろう。毒殺なら女にだって十分可能だ。閨で無防備なときなら、ほんのわずかな毒で巨漢を殺害できる」

ギュンターの説明を聞いて、なるほどとツェツィはいまさらながら腑に落ちた。

ゲームのなかでギュンターがツェツィと初夜を迎えなかったのは、必ずしも花嫁を嫌ってい

たからというだけではないらしい。

（わたしはアンハルト公爵家が送りこんだ刺客だと思われていたわけか……）

言われてみれば、その理由のほうが納得できる。

ここでギュンターを殺せばツェツィは疑いの目を向けられるだろうが、アンハルト公爵家にしてみれば、ツェツィが勝手にしたことだとでも言い張り、捨て駒にすれば枢機卿の椅子をひとつ奪えるわけだ。

国王の威信と同じくらい聖教会の力が強いこの国――ウォーデン聖王国では七つしかない枢機卿の椅子は、ときに貴族の爵位以上の権力を持つ。

そのせいで常に権力を求めるものたちから狙われてきた。

（――でも、わたしは違う……）

「猊下がわたしを殺すことはあっても、その逆はないと思います」

ぼそりと呟いてしまった。

「なぜ、私がおまえを殺す必要がある？」

またしても鋭い視線に射すくめられて、ツェツィはどきりとした。

（むしろ、その顔面のよさに萌え殺されそうなんですが……）

彼は自分の外見のよさをわかっていないのだろうか。

自分の顔面がツェツィに対しての最大の武器になっていると気づかないまま、冷たい目線を真っすぐに向けてくる。

目線をディスプレイ側に向けているのではない。いまこの瞬間、推しが見ているのは自分だけ。

(大事な初夜が目前に迫っているときに浮かれている場合じゃないのに……)

——ギュンターはやっぱり格好いい。

こんな素敵な彼と三年で死に別れるなんて嫌だ。ずっと先の未来も欲しい。

「いくらわたしが公爵令嬢とはいえ、この屋敷の主と不仲で、気にかけられもせず、初夜もすませていない女なら、この家の女主人として認めない——そう、使用人たちの態度が示しているではありませんか。早晩、わたしはこの屋敷で凍え死ぬか、心を病んで自死に追いこまれるでしょうね……」

そんなつもりはないが、本来のツェツィはそのぐらい思い悩んでいたはずだ。

くらりと眩暈を起こしたかのようによろめいて、ツェツィはハンカチで目元を拭い、悲嘆に暮れる演技を装った。

「嫁いできたからには、もうわたしはクレヴィング伯爵家の人間です。しかし、主に愛されていない女ほど、この世で頼りない存在はありませんわ……」

どんなことをしてでも初夜を迎えると決めたからには、同情を誘うくらいは序の口だ。

しかし、さすがに長年、アンハルト公爵家と敵対する枢機卿を務めているだけあって、ギュンターは簡単に騙されてくれなかった。

「そうやって私を脅すような女が心を病むとは思えないな」

「うっ……そうは言ってもですね、人がいつどんなことで心を病むかなんて、わからないものですよ」

（くっ、わたしの推し、案外ゲームより頭がいい……うれしくないけど微妙にうれしい複雑な気持ち……）

口で押し負けている状態で初夜まで持ちこめるのだろうか。焦りを感じつつも、目の前にゲームのキャラクターがいる不思議に新鮮な驚きを感じてもいた。

（ギュンターが本当に存在して、本当に自分と会話しているなんて……）

これが現実か確かめたくなる。ツェツィは彼に一歩近づき、ギュンターの顔に手を伸ばした。衝動の赴くままに、むにっと頬を掴んでしまう。

「……なんの、真似だ」

毒殺しに来たのではないかなどと言っていたくせに、意外にもギュンターはツェツィの手にされるままになっていた。彼の態度から察するに、ツェツィを遠ざけたいだけで、この細腕で毒殺しに来たなんて心にも思っていないということだろう。

「その……申し訳ありません。本当に猊下と結婚したのかどうかにわかに信じられなくて……ちょっとした確認です」

　自分の行動ながら、あまりにも説明しがたくて、とっさに言い繕ってしまった。

「ともかく、猊下。婚姻の秘跡というのは誓いの言葉だけで終わるものではありません。さすがに初夜の証(あか)しを教皇猊下や国王陛下に見せろとまでは言いませんが、初夜を迎えるまでが婚姻の儀式ではありませんか」

　ギュンターはツェツィと結婚をすることだけは、聖獣オルキヌスと教皇の名に誓っていた。

　その言質を逆手にとり、ギュンターを焚(た)きつける。

　ツェツィは彼の頬に触れたまま、灰褐色の瞳と視線を合わせた。

「猊下がこの結婚の義務を最低限だけは守ってくださるおつもりなら、今夜だけでもわたしを抱いてください……それとも、女を抱けない理由でもおありでしょうか？」

　挑発するように言うと、さすがにぱしっと手をはたかれた。

「おまえは……ッ！」

　激高した推しの顔もいいな、なんて呑気なことを考えている間に、形勢は逆転。あっというまに、立ちあがったギュンターに手を掴まれ、そばの長椅子に押し倒されていた。

「私がおまえを抱けないとでも思っているのか⁉　どうせすぐ実家に戻るなら傷物にならないほうがいいと思って配慮してやっているのがわからないのか！」

冷たい恫喝（どうかつ）とともに首筋に顔を埋められ、敏感な肌に舌を這（は）わされる。

本人としては脅しのつもりだろうが、まったくの逆効果だった。

当然だが、こんなギュンターの姿を見たことはない。ツェツィの心は大きく揺さぶられて、体は勝手に反応していた。びくん、と華奢（きゃしゃ）な身がおののいてしまう。

彼が予想しているような恐怖というより感極まったせいだった。

ギュンターの手がツェツィのガウンの結び目を解き、前をはだけるとナイトドレスの前ボタンに手をかける。

ただでさえ、ギュンターの頬骨の張った顔に見蕩れているのに、間近に迫られた状況で、胸元で動く骨張った指先に動揺しないなんて無理だ。びくり、とまた体が震えた。

自分の反応は体格差の違う男にのしかかられている恐怖のためだと思ったのだろう。ギュンターは体を起こし、

「そんなに怖いなら、とっとと部屋から出ていったらどうだ？」

嘲笑（あざわら）うような台詞でツェツィを挑発した。

しかし、繰り返すが、ツェツィとしては別に怖くて震えたわけではない。

むしろ、この触れあいで寿命が少し延びたのではと思い、歓喜に震えていた。

「いえ、結構です。あえて希望を申しあげるならば、初夜くらいはソファよりベッドのほうがありがたいですが……ソファより白いシーツに初夜の証しが残るほうが猊下としても体裁がよろしいと思いませんか？」

動揺しているとすれば、それは男性経験がないせいだ。

目の前で髪をかきあげるギュンターの男性的な色香にくらくらさせられ、乱れた衣服の前を合わせて虚勢を張るのが精一杯だった。

ツェツィの返答を聞いたギュンターは、また眉根の皺を深めるのかと思えば、意外なことに、しまったという失態を恥じる表情になった。

青年時代のギュンターならではの、なんとも初々しい顔に、こちらまで照れてしまう。

(若いギュンターはこういうかわいらしさがあるんだ……)

とまどって思わず口元を押さえる仕種もいい。

ツェツィは慣れないことに動揺しつつも興奮していた。

おかげではしばみ色の瞳は潤み、頬はみずみずしく紅潮しており、男の目には魅惑的に映っているなんてツェツィには知る由もない。

またなにか反論をされる覚悟をしていたのに、ギュンターは無言でツェツィを抱きあげ、長い脚で居間を横切り、寝室へと連れていってくれた。

　どうやらこちらの希望を叶(かな)えてくれるつもりらしい。

「……おまえはずいぶんと軽いな。羽毛を抱いているのかと思ったぞ」

「さようですか？　貴族の令嬢としては普通かと……羽毛は言いすぎでは？」

　そこまで軽くはないはずだと思ったあとで、あまりにも軽々と天蓋付きのベッドの上に下ろされ、ギュンターの逞(たくま)しい腕と自分のか細い腕を比較してしまった。

（そういえばこのときにはもうわたしは……）

　自分が病に冒された身なのだと、ギュンターの一言で気づかされる。

　ツェツィが三年後に死ぬ理由は華奢な身にありあまる神聖力を持ち、しかし、それを外に吐きだす恩寵を持たないがゆえだ。

　魔力過多症の典型的な症状だった。

　自分の体だからそれがあたりまえだと思っていたが、家族から虐げられていたからと言うだけでなく、食べても食べてもやせ衰える一方だった。

　沈黙がなおさら、ツェツィの痩身をか弱く見せたのだろう。

　軽くため息を吐いたギュンターは、

「もし具合が悪いのならやめておくか」

そっけない声音でそう告げたのだった。彼の態度はつっけんどんではあったが、聞き慣れたツェツィの耳には、新妻を気遣うやさしさが入りまじっているのがわかった。

しかし、ここでそのやさしさを受け入れて初夜をやめれば、それこそすべてが台無しである。

「具合が悪いなんて……公爵令嬢としてはこのぐらいの細さが当然なんです。つづけましょう。ゆきずりの流れで一夜をともにするのではありません。わたしたちは夫婦なのですからなにも問題はありませんわ。こういうのは勢いが大事です。ぜひとも今宵の初夜は結婚の儀式の一環として終わらせてしまいましょう」

（一度、先延ばしにしたら、猊下はそのままわたしを蔑ろにするかもしれませんし！）

必死にギュンターの腕を掴んで片方の手を腰へと回す。上着の上から触れても、体はほどよく引き締まっているのがよくわかる。

興味本位につーっと指を滑らせると、彼の体がびくんと反応した。

「確かに君はそのつもりで来たようだな」

情動を誘う仕種を不快に思ったのだろう。気まずそうに視線を逸らされた。

そうやって視線を部屋の隅に彷徨わせたまま、ギュンターは冷ややかな声音で言う。

「……噂ではアンハルト公爵令嬢は男遊びがお好きだとか」

「噂？　噂って……」

（そういえば結婚式のときも『遊び好きで有名な』とか色々言われていたけど……）

いったいなんのことだろうと考えて、ツェツィは「あっ」という小さな声を漏らした。

（――グレイスとわたしをとりちがえているんだわ！）

異母妹の派手なドレス姿が頭に浮かびあがる。

真っすぐで腰まで届く長い黒髪が特徴の異母妹と波打つローズピンクの髪を持つツェツィは外見上はまったく似ていない。

しかし、社交界では女性に対して爵位を基準にして呼ぶ慣習がある。つまり、グレイスもツェツィも同じ『アンハルト公爵令嬢』と呼ばれる身だ。

おまけに、貴族社会は噂社会でもある。

新聞はあるが、社交界のニュースはいまだに人の口から口へと伝わることが多かった。

互いに口頭でのやりとりをするうちに、どこかで姉と妹の『アンハルト公爵令嬢』をとり違えられたのだろう。

ましてや悪い噂というのは、みんなが面白がって広めるものだから尾ひれがつきやすい。

（確かにグレイスなら、男性のあしらいに慣れていそう……どうしよう。わたしじゃないけれど、この場合、誤解されているほうが都合がいいかもしれない）

ツェツィはその噂をいいように利用することにした。

「噂なんて……どうぞ好きなように解釈なさってください」

男遊びが好きだという噂のとおりの女なら、どうやって男性と駆け引きするのだろう。

意識してギュンターの肌に肌を寄せると、彼の体温を間近に感じた。

ひとりでも脱げるようにコルセットは身につけていない。はだけたガウンと薄布のナイトドレスのほかは肌着とドロワーズを身につけているだけでは体の線を隠しきれていなかった。

そのつもりで来たことは間違いないが、好きな相手との接触があまりにも生々しく、ツェツィの心臓はすでに壊れそうなほど鼓動が速い。

ガウンに手をかけられただけで気を失ってしまいそうだった。

「自分で脱げます……から……」

男慣れしているという異母妹を装おうとしても、たったこれだけの接触で、ツェツィは声が裏返るほど緊張している。

震える手に気づかれているのかどうか。体を起こしながら、ささっとガウンを脱ぐと、ベッドの端に申し訳なさそうに置いたそれを、ギュンターが手にとり、遠くへと投げてしまった。

唖然とするツェツィに、

「ガウンになにを隠しているか、わかったのではないからな」

などと平気で言いはなつ。

「つまりわたしが……猊下を暗殺する可能性をまだ視野に入れているということでしょうか？」

「ずいぶんと直接的な物言いをする……だが、そういうことだ」

呆れられたようだが、ガウンに毒物や刃物を仕込んでいたと思われていたなんて、ツェツィとしては完全に想定外だった。

（わたしがギュンターを殺すなんて、世界が終わる日が来てもありえない！）

自分の推しキャラなのだし、大切な結婚相手だ。

彼との未来が欲しいというのに、殺したいわけがない。

口をぽかんと開けてなにも言えないでいると、ギュンターの手がツェツィのナイトドレスの前ボタンにかかった。

びくん、と体が震えたせいだろう。ギュンターの口元が皮肉そうにぴくりと動く。

ひとつひとつ彼の骨張った指でボタンを外されていくのは、まるで神聖な儀式のようだ。

枢機卿に対して不謹慎かもしれないが、昼間、聖典に手を載せて誓いの言葉を述べたときよりも、よほど婚姻の秘跡を授けられている雰囲気が漂う。

ただ、ギュンターがツェツィの上でわずかに蠢（うごめ）いて、彼のトラウザーズが衣擦れの音を立てるだけでそれは秘めごとめいた囁（ささや）きに聞こえた。

どきり、と胸の鼓動が甘く跳ねる。

「服にはなにも仕掛けはなさそうだが、女は服以外にも隠すところがあるはずだ」

ナイトドレスを肩から脱がせる丁寧な手つきとは裏腹に物騒なことを言う。

軽々と片手で腰を持ちあげたギュンターの手は、するりと太腿(ふともも)までツェツィの衣服の裾をたぐり寄せ、足から脱がせた。

絹のナイトドレスもやはり、ベッドから離れた場所へと遠く投げられてしまった。

「服以外に隠す場所って……」

ナイフや針のようなものでさえ、ツェツィの力でギュンターに突き立てるのは難しいと思うのに、ほかになにがあるのだろう。

(これがもし日本だったら、くないや手裏剣とかを想像するのかもしれないけど……でも、小さい分、殺傷力が落ちるわけだし)

そんなことを考えているうちに、万歳をさせられるようにして肌着まで脱がされてしまった。

ツェツィの体を守るのはドロワーズだけになった状態で、彼はなにを思ったのだろう。

自分の首に巻いていたクラバットをしゅるりと滑らかな音を立てて外し、ツェツィの手を頭上で結んでしまった。

「げ、猊下こそ、ずいぶんとこういうことに手慣れていらっしゃるのですね……」

(もしかしてゲームのギュンターには裏設定があったのかしら……冷酷イケオジ属性のほかに嗜虐趣味を隠していたとか?)

推しのひそかな嗜好を知ってしまったのかと期待したのに、裏切られるのは一瞬だった。

「なにを言う。おまえの家が暗殺者をしょっちゅう送りこんできたのだろうが。すぐに手を拘束し、口に物を入れないと、私を殺そうとするだけでなく、証拠隠滅のために自死する。そんな暗殺者を何人送りこんできたか、おまえに知らないとは言わせないぞ」

威圧感のある物言いが、彼の台詞が真実なのだと迫ってくる。

一方で、ツェツィは本当に知らなかった。しかし、実家のアンハルト公爵家のことだから、やりかねないとは思う。

弱々しく首を振って否定するしかできなかった。その答えは想定されていたのだろう。なにも言わずにギュンターはドロワーズの腰紐を解く。

そのまますると足から剥ぎとられ、ツェツィの生まれたままの姿を晒されてしまった。

震えるツェツィの膝に骨張った指をかけられた途端、

「ひっ……!」

という押し殺した悲鳴が漏れたのは、ツェツィとしては無理のないことだった。

なにせ初めてなのだし、相手は推しだ。

二次元の存在だったはずが、目の前で生きて動いているばかりか自分に話しかけて、なんなら触れてくる——だけならまだしも、自分でも見られない秘された場処を彼の眼前に晒すというのだから、身を強張らせたのも仕方ない。

怯えるツェツィの様子を見たギュンターはそれ見たことかと言わんばかりに、鼻で笑った。

「この部屋からいますぐ出ていくと言うなら、手を解放してやる……」

「で、出ていきません！」

ギュンターの台詞が終わるより早く、食い気味にツェツィは言い返した。

初めてのことにどれだけ動揺していたとしても、自分の死以上に怖くはない。

「だが、君だって私のことが憎いだろう？　どんなに反論したって体は正直だ。私が触れるたびに悲鳴を漏らして、びくびくと震えているではないか」

そう言いながら指先を太腿に這わせていくのは脅しなのだろうか。

つーっと柔肌を彼の指先が滑る感覚に、

「ッああ……——」

というため息混じりの声が零れた。

ツェツィが震えているのは彼を怖れているからで、もっと強く脅せば逃げだすだろうと本気で思っているのがうかがえる。

「ち、違……わたしが猊下を、お、怖れているなんてそんなことは……」

——ない。そう言おうとしたのと、ぎしり、と音を立ててベッドが軋んだのはほとんど同時だった。

どきりと心臓が飛びだしそうなほど跳ねて、彼の言葉どおりに怖がっていると言わんばかりに声が途切れてしまう。

ギュンターがツェツィの足の間に膝をついて、片足を立てるように掴んでいた。

さらりとこぼれ落ちた銀髪を掻きあげる仕種は濃厚なほど大人の魅力が漂っている。

二次元でさえ十分人生を惑わされていたのに、生きて動いて会話できるだけでなく、仄かに身につけたフレグランスの匂いが漂い、自分の体に触れられると、惑わされずにいられなかった。

ゆっくりとギュンターの手のひらが赤い茂みに覆われた場処へと伸びるのは、多分、ツェツィがやめてと叫ぶのを待っているのだろう。でも、その動きにさえ、ごくりと生唾を呑みこんで心のどこかで期待していた。

指先が陰唇を包む肉襞にわずかに触れた瞬間、

「女はここに武器や毒を仕込む。調べてもいいのだな?」

低い声で告げられたのは、これ以上先に進めたら引き返せないぞという警告だった。

ぐいっと立てたほうの脚を掴まれ、脚と脚を大きく開かされる。こんな格好を政敵に見られるのはさぞ屈辱だろうと言わんばかりだ。

(でも、わたしは死にたくないし、ギュンターが好きだったから……)

——初めてのことは怖いけど彼は怖くない。

ツェツィはぐっと唇を噛(か)みしめて心を決めた。

押し黙ったツェツィに焦れたのだろう。太腿の内側——体のなかでも敏感な柔肌に唐突にやわらかいものが触れた。ギュンターが唇を寄せたのだと気づくまでに、深呼吸を三回するくらいの時間がかかった。

「え……ええっ⁉」

困惑するツェツィをさらにとまどわせたのは、次のギュンターの言葉だった。

「……ともかく、ここのなかを調べさせてもらう」

初めからそのつもりだったのだろうか。ベッド脇のサイドテーブルから手袋と小壜(こびん)をとりあげると、片手にぴっちりとした手袋をつけて、小壜の中身を垂らした。

「指を入れるぞ……少し痛いだろうが、我慢してくれ」

なにを調べられるのかわからないまま、脚と脚の狭間に指を伸ばされる。堅い蕾(つぼみ)のような陰唇に指を挿しこもうとされたところで、びくりと身構えてしまったから、当然のように指が入るわけがない。

「もう少し力を抜け……そうだ。いい子だ」

あまりにも慣れない様子のツェツィを心配してくれたのだろうか。幾分態度を和らげたギュンターの声が耳朶(じだ)を甘く震わせる。

まるで子ども扱いをされたようで不満はあったが、ご褒美だとばかりにまた、ちゅっと太腿に口づけを落とされて、体の力が抜けた。

するり、と狭隘(きょうあい)な裂け目に彼の指先を受け入れてしまう。

ぬるりとした滑りのいい感触からすると、どうやら香油を塗ったらしい。異国の、雅な香りが広がるとともに肩の力が抜け、ふぅっと息を吐きだした。

「なかにはなにもないようだが……狭い、な」

ぼそり、と呟かれた言葉にまた身がすくむ。房事の知識は必要最低限しかないが、『狭い』の意味くらいはわかる。

(本来なら、輿入れ前にお母さまにもっと詳細を教わるはずだったのでしょうね……)

しかし、ツェツィの生みの母親はとうの昔に亡くなっていた。

いまの自分の行動が一般的に見て普通なのかそうではないのか。狭いと彼にとってどんな問題があるのか。

判断がつかないだけに、不安になってしまう。

ぎゅっと手の届く範囲のシーツを握りしめたツェツィは、目を閉じてひたすら耐えようと思った。彼の一挙手一投足を見逃したくないのに、自分の心を守るためにはぎゅっと目を閉じていたい。

そんな矛盾する心情はそばで見ているだけで伝わったのだろう。

「悪い……初めてなのだから狭いのは普通のことだ。初夜も結婚の儀式の一環だという君の主張はわかった。だから……もっと体の力を抜いてくれ」

「は、い……ふぁっ……あっ」

人さし指をさらに陰唇の奥に押しこまれ、思わず声が漏れた。

悲しいわけでもないのに、ぽろりと涙が零れる。

初めての行為は痛いという知識くらいはあったが、想像と現実は違う。

（そもそも、ギュンターだって政敵の娘を相手に起つんだろうか？）

などと考えたのは杞憂（きゆう）だった。

胸元を触られた瞬間、びくりと体が跳ねながら見てしまった。トラウザーズの前は不自然に膨らんでいた。

（そうなんだ……わたしの貧弱な体相手でも大丈夫なんだ……！）

そうわかると俄然、やる気が湧いてきた。

「あの、猊下……もう刃物や毒物の危険はないと判断されたのでしょう？　この手、解放していただけませんか？　むしろ無理やり抱きついたら、クラバットで猊下の首を絞めてしまいそうです」

ツェツィの言葉を脅しだと受けとめたのだろうか。じろり、と威圧感のある灰褐色の瞳で睨まれたが、確かにそうだと彼も認めたようだ。クラバットの結び目を外してくれた。

手が自由になったのに、うまく動かせないでいると、軽くもみほぐしてくれる。

そのちょっとしたやさしさに、胸がきゅんと切なくなる。

（ああ……やっぱりギュンターだ……わたしの推し……大好き）

初めての怖さや痛さはあっても、目の前の推しが素敵すぎるから耐えられた。

恥ずかしいところを見られてしまった気恥ずかしさも、胸に触れられて湧きおこるかすかな疼きも受け入れられる。

（それに――……）

シャツを脱いだギュンターの逞しい体躯を見られるのは、痛みと引き替えにしてもご褒美でしかなかった。

またしても、この世界にスクショ機能がないことを恨みながらも、飾り帯をとり、トラウザーズの前を寛げる彼の動きに目が釘付けになってしまう。

膨らんでいた彼のものが大きい。

さっき指を入れられただけでも痛くて身が強張っていたのに、あんなに大きいものが入るのだろうか。

視線の動きで、ぎくりとツェツィが怯えた理由を感じとったらしい。

「おまえがなにがなんでも初夜をすませると言ったのだからな……その言葉の責任はとってもらうぞ」

にやりと口角を上げて笑うギュンターはどこか楽しそうでもあった。

物憂げな微笑みでもなく、年上として落ち着いた笑みを浮かべるでもでもなく、どこか挑戦的な笑みだ。

（え、ギュンターのこんな表情、見たことないんですけど……）

眩しい。青年期ならではの初々しさを残した表情もいいし、まだ枯れきっていない性格も新鮮だ。

（野性味があるというか……男性みが強いというか……）

こんなご褒美をもらってしまってはこのあと、どんな目に遭わされようと頑張るしかない。

ぎこちない動きで、どんな格好をしたらいいのか迷っていると、はーっと深いため息を吐かれた。

「おまえは本当に初めてなのだな。経験がないのだとすると、媚薬を使ったほうが楽かもしれない」

そう言われると、前世での変な知識が先走りする。

この世界の媚薬がどんなものかはわからないが、過剰なほど性行為を求めたり、喘ぎ声を漏らしたりする、十八禁コンテンツとしては定番のアイテムだ。

「いえ、だ、大丈夫です！　その、たとえ痛くても……猊下に……ギ、ュ、ン、タ、ーに初夜で抱かれたという事実が大事なのですし……その貴重な体験を薬で台無しにされたくないので、このままでお願いします！」

せっかくの旦那さまとの一夜を堪能する機会なのだ。

自分が乱れすぎて詳細を覚えていられなかったなんてことになれば、悔やんでも悔やみきれない。

ツェツィがはっきりと抗うと、ギュンターは目を瞠っていた。

「そうか……じゃあ、多少は前戯で慣れる必要がありそうだな」

楽しそうな声を漏らしたギュンターは、その大きな手を不意にツェツィの胸に伸び、ふに、と下から持ちあげながら、軽く揉みしだいた。

「ふぁっ、いたっ……ンあぁ……ッ」

骨張った指で胸の形が変わるほど掴まれると、他人に触れられることに慣れていない胸もまだ堅い蕾のようだった。たまらずに苦悶（くもん）の声をあげてしまう。

それでいて、わずかに鼻にかかった声になってしまったのは、双丘の先端だけが疼くように硬く起ちあがったせいだった。その反応だけが甘い快楽を予感させる。

ツェツィに芽生えたわずかな快楽を見透かされたらしい。

硬い指先が、つんと尖（とが）った乳頭をつまんだ。

「ひゃ、ンあぁっ……ッ！」

びくん、と体が大きく跳ねる。先ほど香油を塗ったほうの、手袋をしたままの指でつまれたせいか、ぬるりとした感触が余計に艶（なま）めかしく感じられた。

触れている相手が推しだからだろうか。

あるいは、これが結婚したあとの初夜だからという魔法にかかっているのだろうか。

素肌と素肌が触れるのは想像していたよりずっと心地いい。それに、じわりと触れたところが熱くなるような不思議な感覚がした。

胸を揉みしだかれるのはまだ痛いし、下肢の狭間に指を入れられるのも痛かったけれど、嫌悪はない。

それに、ちょっとした瞬間にギュンターの体温を感じられるのはどきどきした。

力強い腕が胸から背中に回り、腰へと滑るとひくり、と体の芯に熱が灯（とも）ったように疼く。

「ンあぁ……どう、して……」

秘められた場処を暴かれたときより、乳房に触れられたときより、やさしく腰を愛撫（あいぶ）された瞬間のほうが体の奥が熱い。

肌が上気し、まるで彼の手を誘うかのように仄かに色づいた。

腰から肌を滑り、指先が臀部（でんぶ）を掴むと、ぞわりとさっき触れられた陰唇が疼いた。

直接触れられるよりも、臀部を掴むことで間接的に体の媚肉を動かされるほうが快楽を得ることがあるらしい。

（さっきは……ただ痛かったはずなのに……いまは……）

――欲しい。

まるで本能のように、体の疼きは彼の体を欲していた。

それこそが聖典に触れて誓いの言葉を告げるよりもずっと、太古の昔からつづく結婚の秘跡なのだろう。

肌と肌が触れあうと、好きな人ともっと深く繋（つな）がりたくなる。

（ギュンターがわたしを好きじゃなくても、それでもわたしは……）

彼の側にいて、彼に振り向いてもらえるように努力したい。

体が火照っているときに硬く起ちあがった乳頭へと舌を這わされると、ぞわりといままで感じたことのない感覚が背筋を這いあがった。ぶるり、と堪えきれない身震いが起きる。

舌先で乳首のくびれをもてあそばれ、同時に下肢の狭間を手で撫でられると、体の芯が暴れるように熱を上げていく。

びくびくと、ギュンターの愛撫に体が跳ねた。

「は、ぁ……あぁ……」

やわらかい舌が、くに、と硬く起ちあがった蕾を押しつぶし、びくんと体が震えたところで甘噛みするように歯を立てる。

そんな体験をするのは初めてだった。痛くはない。くすぐったさを感じるのに似て、むしろ、やさしく触れられるのがもどかしいほどだった。

それでいて、体が疼いた瞬間に適度な痛みを感じさせられると、その刺激にもまた感じてしまい、体が震える。

ぞわりと背筋に這いあがるのは悪寒めいた快楽なのだと、ツェツィはようやく知った。

耐えがたいのにもっと欲しい。頭の芯が蕩けそうな恍惚を感じる。

ギュンターの指先が、陰唇の先で膨らんだ陰芽を撫でた途端、びくんびくんとこれまで感じたことがないほどの愉悦が、体の内側を鮮烈に侵した。

「はぁ、ああ……はぁ、ぁ……ギュンターさま、いまのは、なに……？」

生理的な涙を流しながらも、問わずにいられなかった。

「快楽がきわまると、一般には『絶頂に達する』などと言う。いまのは前戯だが、実際の行為でお互いが達したときに子種を注ぐと、子どもができやすいのだとか」

いままで口にしていた『猊下』ではなく、『ギュンターさま』と名前を呼んでしまったことにツェツィが気づく余裕はない。

まだ愉悦に蕩けた頭でぼんやりと彼の言葉を聞いていたが、『子どもができやすい』という言葉だけは、はっきりとツェツィの意識を揺さぶった。

（そうか……これは結局のところ、子どもを作るための行為なのだった……）

いままで漠然と考えていたことが実感を伴って迫ってくる。

ちゅっと胸元を吸いあげられる感覚に、「んんっ」と子どもがむずかるような声が零れた。

脚と脚が絡むようにギュンターがツェツィの上で蠢き、汗ばんだ肌と肌が触れる感覚が達したばかりの体をもう一度愉悦へと導く。

とろり、と下肢の狭間から、愉悦を感じた証拠が溢れるのを感じた。

やおら、ギュンターが右手につけていた手袋の先を歯で噛み、するっと抜きとる。その仕種のあまりの艶っぽさに気絶しそうだった。

素肌を露わにした指先を、塗れた蜜口へとあてがう。

「もう少し馴らさないと……入らないと思う」

なにを、とは聞き返せず、こくこくと首肯する。

行為の途中で器用にトラウザーズを脱ぎ、裸体になっていたギュンターの肉槍はいまにもはち切れんばかりに反り返っていた。

濡れそぼった陰唇の奥は他人の手が触れると、ひくりと物欲しそうに疼く。それでいて、指を入れられるだけで苦しく、つい体が強張ってしまう。

「そんなに拒絶されると、入るものも入らない……息を吐いて力を抜いて……そうだ」

囁くように吐かれた言葉がツェツィの耳にどれほど甘く響いたか、ギュンターはわかっているのだろうか。

驚くあまり、下腹部の力が抜けて、彼の骨張った指が奥深くに入る。

「そうだ……抜き差しするから……そのまま力を抜いたままで……アンハルト公爵令嬢」

堅苦しい呼称を聞いた途端、ぎくりと身が強張る。いままで浸っていた甘やかな夢が覚めてしまいそうなほど現実的な気持ちになってしまった。

「猊下、その……アンハルト公爵令嬢というのはどうにかなりませんか。わたしはその……できれば、ツェツィ、と……呼んでください。ツェツィーリアと言うのは少々言いにくいと思いますし、異母妹もアンハルト公爵令嬢と呼ばれる身ですので……」

とってつけたように言い訳をしてみたものの、本音を言えば、ギュンターに愛称を呼んでほしいだけだった。

少なくとも、こんな肌と肌を重ねたような閨の場で呼ばれるには、『アンハルト公爵令嬢』という呼称は堅苦しすぎると思う。

まだクラバットで結ばれた跡が残る手を、そっと厚い胸板に添える。

「……ツェツィ？」

語尾が疑問形ではあったが、低い声で囁かれると、ぱぁっと世界が明るくなった気がした。

「はい、ツェツィ、です……どうか、そうお呼びください……猊下」

そんな話をしているうちにも、膣道を広げる指が一本から二本に増やされ、ツェツィはときにはうめき声を漏らしていた。

痛みのせいであっても、びくり、と体が跳ねるたびに、ツェツィの双丘もふるりと揺れる。その姿が男の目にはどれだけ艶めかしく魅力的に映っているかを知る由はない。

下肢の狭間に硬いものが当たり、両手で胸を掴まれたとき、次第に触れられることに慣れてきた体は、簡単に乳頭を刺激される快楽を覚えた。

片方の胸の蕾をギュンターの口腔(こうこう)に舐(ねぶ)られ、もう片方をつまみあげられると、

「ンあぁッ……は、ぁっ……あぁン……ッ！」

びくびくと背を弓なりに反らせて、愉悦が背筋に走るのを感じた――そのときだった。

「そうだ……ツェツィ、息を吸ってゆっくりと吐いて」

腰に回っていたギュンターの手がゆっくりと感じやすい右側の腰を愛撫したかと思うと、下肢の狭間に耐えがたい痛みを感じた。

「は、ぁああっ……んンぅっ……は、ぁ……」

指とは比べものにならない異物感が、ギュンターの肉槍だと理解するまでに一回、深呼吸をするだけの時間が必要だった。

「苦しかったら私に爪を立ててもいい」

とっさにギュンターの首に抱きついていたらしい。どちらかといえば、しがみついているといったほうが正確で、ただただ痛みと圧迫感に耐えていた。

自分の体なのに、思うようにならないのはどうしてなのだろう。

初めての行為が怖い一方で、ギュンターの手で腰を愛撫されると体の奥が疼いてもいる。

ギュンターがツェツィの首筋に口づけを落とすのは、痛みを忘れさせるためなのだろうか。

ちゅっと啄(ついば)むように何度か口づけたあとで、快楽を掻きたてるように器用に空いたほうの手

で胸を揉みしだいた。硬く尖った胸の先をきゅっとつまみあげられると、下腹部に向いていた意識が熱く疼く胸に切りかわる。

「んっ、あぁ……ッ……はぁ、ンぁあ……ッ、ンあぁ……んぅ――ッ！」

ぞわりと愉悦に体が震えた瞬間、ずずっとまたギュンターの肉槍が奥深くに入った。

汗ばんだ臭いのなかに、わずかに鉄錆めいた臭いが混じる。

――これが話に聞いていた初夜の儀式なんだ。

血の臭いが鼻腔に届いて、ツェツィは自分がやりとげたことを理解した。

ぎゅっとギュンターに抱きつくと、銀色の髪は思っていた以上にさらさらとしていて、触れると心地よい。

「いま、なかに入っていて大変だろうが……一度抜いてまた入れるぞ……息を吐いて」

ツェツィが彼の髪に触れていたからだろうか。まるであやすようにギュンターの手が髪を撫でてくれた。

人前ではあんなに遠く感じたのに、ふたりきりのときは想像よりずっとやさしい。

ほかに頼る相手がいない娘を無下にできないだけだとわかっていたが、肌を重ねているときにやさしくされると、うれしくなってしまう。

好きという気持ちが何倍にも膨らんで、体の痛みさえ耐えられる気がした。こくりと小さく首肯すると彼の両手がツェツィの腰に回り、太腿を大きく開くようにして抱えた。

「大丈夫だ、ツェツィ……なるべくやさしくする」

そうやって、ずずっと肉槍を引き抜かれる感覚は、彼の穏やかな声音とは正反対に暴力的な質量で、それでもギュンターの気遣いを感じて、苦しいなかでも息を吐く。

体の力を抜くことを意識して呼吸を繰り返しているうちに、どうにか耐えられた。

「もう一度入れるぞ」

一度、破瓜を経験したせいだからなのだろうか。二度目は思っていたよりすんなりと入ってしまった気がした。

それとも、ツェツィの心が彼を受け入れているからなのだろうか。

「ンぁあ……ギュンター……さま……は、ぁ、あぁ……ッ」

肉を打ちつけるようにしてもう一度奥まで突かれると、苦しさとは反対に体の力が抜けていくような不思議な感覚がした。

彼が欲しい。ずっとギュンターに抱きついていたい。

（この瞬間が永遠だったらいいのに……）

汗の入りまじった彼の臭いも、指先に感じる銀髪のさらさらとした手触りも、なにもかもがとっておきの宝物のようにきらきらとツェツィの心を照らしてくれる。

もう一度、肉槍を引き抜かれて奥を突かれたときには、ふぅっと意識が飛びそうになった。

ぞわりと背筋に震えが走るとともに浮遊するような感覚。

それは疲れていたから気絶したのではなく、先ほど説明されたばかりの絶頂の本当の感覚なのだと、ツェツィは知る由もないまま果てたのだった。

第二章　伯爵家の女主人として押し倒されました

初夜の翌朝、ツェツィが目覚めたとき、ギュンターはすでに隣にいなかった。

豪奢な天蓋のベッドのなかにいるのは新妻がひとり。

隣に旦那さまはいない。

その事実は冷酷に、ツェツィは愛されて迎えられた妻ではないのだと伝えてくる。

乱れたシーツの上に寝転がったまま、少しだけずきんと胸が痛んだ。

しかし、念願の初夜を果たしたのだ。それを思い返すだけで、ひとりで目覚めを迎えたことを忘れるくらい満たされていた。

客観的に考えていまツェツィがひとりでいるのは、そこまで政略結婚の妻に配慮するとアンハルト公爵につけいられると思っているか、使いが来て急用を頼まれたのかのどちらかだろう。

そもそも恋愛ゲームのなかのギュンターは、はじめは冷たい態度をとるキャラクターだったから、多少の冷たさは織りこみずみだ。

ツェツィには羽毛の上掛けがかけられていたし、暖炉に火が入っているのだろう。部屋の空気もあたたかい。

春とはいえまだ明け方は冷えるから、快適な部屋で眠れたことがありがたかった。

ぽっかりとひとり分空いた隙間に手を伸ばせば、まだベッドのなかはほんのりとぬくもりが残っている気がして、昨夜のことが夢ではないと伝えてくる。

ふたりして余裕がないまま眠ってしまったから、シーツにもまだ生々しく情事の名残が残っていた。

もちろん、このシーツはわざとだ。血や精がついて乱れたシーツを見れば、昨夜この場所でなにがあったのか、使用人たちにはっきりと伝わるからだった。

そこまで考えて、ツェツィは自分のやるべきことを思いだした。

もぞもぞとベッドの上でまどろんでばかりもいられない。

「ん……痛っ……」

起きあがろうとすると、下腹部はまだ痛みを訴えた。その痛みはやはり昨夜の出来事が嘘ではなかったと告げている。

――『……ツェツィ』

低い声で愛称を呼ばれたのを思いだすと、うれしさと気恥ずかしさがないまぜになってよみがえり、枕に顔を埋めた。胸がくすぐったくて甘やかで、いつまでもあの声の響きを頭のなかで繰り返して浸っていたい。

しかし、無事に初夜をすませたとはいえ、これで問題がすべて片付いたわけではないこともわかっていた。

ベッドの端に腰かけたツェツィは、ベッド脇に置かれていたバスローブを身につける。

昨日、変な姿勢で寝たせいで、伸びをすると凝り固まった体のあちこちが痛い。

特にお腹はまだ異物感が残り、それがまた昨夜のことを思いださせた。

奇妙なことに、下肢の狭間の痛みとは別に、妙に体が軽かった。

ツェツィがベッドから下りるのに、踏み台を使った物音を聞きつけたのだろう。コンコンとノックする音が響き、「どうぞ」と答えるだけで、年かさの威厳を漂わせた使用人――あきらかに女官長とおぼしき老年にさしかかった女性と若い侍女が部屋に入ってきた。

物音がしたものの、ふたりはツェツィが本当に寝室にいるとは思っていなかったのだろう。

一瞬、ぎょっとした顔をしたあとで、あわてて頭を垂れた。

「おはようございます、奥さま。女官長のタバサと申します。旦那さまから湯浴みの支度を手伝うようにと言いつかっております」

どうやら、ツェツィの訴えを受け入れてくれたギュンターが、使用人に命じてくれたらしい。

昨日とはうってかわり、きちんとした扱いに驚いた。

もちろん、湯浴みはしたい。汗ばんだ体には昨夜の情事の跡が残り、気持ち悪かった。けれども、それは汚れた体でいるときに感じるごく一般的な気持ち悪さで、昨夜のことが嫌だというわけではなかった。

それにツェツィが女官長に案内されて立ちあがり、侍女がベッドの上を確認した途端、気持ち悪さは優越感にとってかわった。

「にょ、女官長さま……こちらのシーツは……その……」

そのまま出ていこうとしたツェツィは、口元ににんまりと勝利の笑みを浮かべた。

寝室で一緒に過ごしたとしても夜の行為はないと思っていたのだろう。あからさまな痕跡を見て、動揺した侍女は女官長の顔色をうかがっている。

気むずかしい顔をした女官長がさらに険しい顔になったのは見物だった。

「ベティを呼んできてふたりで部屋の清拭をなさい。私からの命令だと伝えるように」

冷静さを装っていても声は怒りで震えていた。

（確か、女官長のタバサはギュンターの乳母をしていて、ことさら彼への忠誠が篤いという設定だったはず……当然、政敵のアンハルト公爵家の人間であるわたしをよく思っていないわけで……わたしが彼を誘惑したとでも思ったのかも？）

ギュンターでさえ、『アンハルト公爵令嬢』は男遊びが好きだという噂を知っていた。

しかし、その『アンハルト公爵令嬢』がツェツィのことではなく、異母妹のグレイスだとは気づいていないようだ。王都のタウンハウスを仕切る上級使用人とはいえ、タバサもその噂の主がツェツィではないと知る由もないのだろう。

上級使用人とはいえ、女主人に対して、ありえないほど鋭い目を向ける女官長を、ツェツィはじっと凝視した。

嫁いできたツェツィをじわじわと孤立させる先鋒を担うのは女官長のタバサだ。

貧相な食事しか用意しないのも季節外れのドレスしか用意しないのも寒くなってきても暖炉の火を入れないのも、ただ主人――ギュンターからの命令がなかったからしなかっただけだと言い、自分の罪を認めなかったのだと言う。

だからこそギュンターは、ツェツィが死んだあとで余計に自責の念に駆られるという設定だった。女官長の思いこみによる横暴を許しておくと、余計にギュンターが苦しむ。

自分の旦那さまの心を守るためにも、いまツェツィはここで女主人としての立場を確立し、彼女の手綱をしっかりと握る必要があった。

「夜の旦那さまは激しくて……これからもたびたびあると思うけど、シーツは夜までには綺麗にしておいて、タバサ。旦那さまにそんなことまでいちいち指示させるのはさすがに申し訳ないし……使用人の躾が悪いという評判が立てば、伯爵家の品位に関わるでしょう?」

ちくりと嫌みを言っておいた。

ここまで言っておけば、さすがにツェツィへの嫌がらせで掃除をしなかったり食事をさせなかったりと言うことはないだろう。

苦々しい表情をしながらも、女官長は別にふたりの侍女を呼び、指示をしながら、ツェツィの湯浴みを手伝ってくれた。

(バスタブの温かいお湯につかりながら、薔薇の香油の香りが楽しめるなんて……)

ゆるやかに波打つローズピンクの髪は侍女たちの手によって丁寧に洗われて、気持ちいい。

温かいお湯にたっぷりと浸かったあとで体を清拭し、鏡の前に立つと、バスローブ姿の自分をまじまじと見入ってしまう。

ローズピンクの髪にはしばみ色の瞳。小顔に大きな瞳は客観的に見て、かわいいといえる顔立ちだと思う。

ギュンターの隣に立つには背が足りないが、それはご愛敬というものだろう。

すでに体の具合が悪いせいで、痩せぎすなのは気になるが、胸の大きさだけは人並みにあるのが救いだった。

前世では黒髪に黒い瞳の平凡な日本人だったから、前世の記憶をとりもどしてから鏡を見ると、自分の姿なのに自分ではないと思えてくる。

過去の自分のことを思いだすと、ゲームの記憶がより鮮明になってきた。

ツェツィはギュンターの回想にしか出てこない人物だ。

ギュンターのエピソードではところどころ語られていても、彼の悔恨を誘う内容でしか触れられていないから実像はよくわかっていない。

(外見的にはヒロインに負けていないわ……自信を持つのよ、ツェツィ)

どんなに苦しい暮らしをさせられていても母親譲りの容貌は失われていない。

湯上がりにほんのりと色づいた肌も洗い立ての艶々とした髪も、警戒している侍女たちでさえ思わず見蕩れてしまうほどの、みずみずしい愛らしさがあった。

「奥さま、化粧台のほうへどうぞ」

貴婦人の支度をするのは基本的にひとりでは無理だ。

侍女が複数いたとしても風呂上がりの長い髪を乾かして梳かすのは大変だし、コルセットを締めるのもドレスのボタンをはめるのも一苦労だ。化粧だって時間がかかる。

その間に、シーツの入れ替えをした侍女から使用人たちへと、初夜の話はあっというまに広まったらしい。

屋敷のなかはちょっとした混乱に陥っていた。

政敵から無理やり押しつけられたお飾りの妻。使用人みんなが存在を無視し、湯浴みに冷めたお湯を用意しようが食事をまともにさせなかろうが、主人に言いつける機会もない『空気より軽い妻』――それがツェツィーリア・イリス・フォン・クレヴィングのはずだった。

そう思っていたはずなのに、主人と正式な初夜を迎え、後継ぎを産む可能性まで出てきた。

使用人の心境としては天と地がひっくり返った気分だっただろう。

もっともツェツィへの態度には、まだ迷いやよそよそしさが残っていたから、女主人として完全に認められたわけではないらしい。

（そんなに簡単に意識を変えられるなら、ゲームのなかのツェツィだって死ななかったでしょうね……）

――慎重に、でも変えるべきところは強く主張しなくては。

朝食を終えたツェツィは使用人たちがまだツェツィを軽々しく扱ってはいけないのではという空気が漂ううちに、屋敷のなかを案内してもらうことにした。

恋愛ゲームのなかで開示された情報を図面化して理解しているものの、実際に目で見ると新しい発見があるかもしれない。

客間や聖祠堂（せいしどう）といった、屋敷の客人として一般的に足を踏み入れられる場所だけではなく、使用人部屋や屋根裏、倉庫といった貴族の屋敷の裏側にも案内させた。

クレヴィング伯爵家は使用人たちの住居や厨房も生活感はあるものの、全体的に掃除が行きとどいている。壁にかかった銅のフライパンはよく磨きぬかれていたし、使用人たちのベッドのシーツが垢まみれということもない。

（どうやら、わたしに対しての敵対心以外はきちんと使用人の仕事が管理されているみたい）

これらは女主人ならば知っておきたい情報だった。

案内をしてくれた女官長はツェツィが質問するたびに眉間に皺を寄せていたが、ツェツィは追及の手をゆるめなかった。

例えば、「季節雇用をのぞいた固定の使用人の数は？」とか「クレヴィング伯爵家の領地屋敷のほうにはいつごろの時期に帰っているのか？」といった具合だ。

女官長が一通り答えてくれたころには複雑な構造のタウンハウスのなかも見終わり、中庭へと案内された。

そこで、ツェツィはついで話をするように質問した。

「ギュンター猊下が聖教会に呼ばれたということは、またどこかで戦争があったということですよね。何日ぐらい屋敷を空けると言って出かけられたのです？」

「……旦那さまは三日ほどはかかるだろうとおっしゃってました」

女官長の表情には、できれば答えたくなかったと、ありありと書いてある。

ギュンターの能力は聖教会に関わるものにとっては秘密ではないが、その能力がどのようなものなのかの詳細を知るものは少ない。

質問内容から、彼の仕事内容をツェツィが把握していることに動揺したようだった。

もちろんツェツィは知っている。

この世界のツェツィとしてではなく、恋愛ゲームをプレイした知識として。

（三日……行きと帰りは聖教会同士を繋ぐ時空跳躍(ワープ)を使ったとして……そう酷(ひど)い魔素汚損ではなさそうだけど……心配だな……）

ふぅ、と小さくため息を吐く。ギュンターが枢機卿として一目置かれているのは、たんにその地位に運よくついたからというからだけではない。

この世界のあり方と人間の生きられる場所との問題が深く関わっていた。

ツェツィとして転生したのは恋愛ゲーム『聖獣と運命に導かれる乙女～息絶えるその瞬間まであなたと離れない』の世界だ。通称、『聖獣乙女』。


――創世、この世界は魔獣たちで溢れていた。

血と争いと悲鳴に満ちた残酷な世界だった。

しかしあるとき、ひとしずくの清廉な泡から翼を持つ水龍――聖獣オルキヌスが生まれ、世界は一変した。

聖獣オルキヌスは魔獣を退け、人の子らの住み処に聖なる結界を張った。それによって人々は初めて魔獣に襲われず、血と争いと悲鳴のない安住の地を得たのだという。

その聖なる結界のなかで人々は繁栄し、やがて、そこに王国を築いた。

ウォーデン聖王国のはじまりである。だから、ウォーデン聖王国の紋章にはいまも翼を広げ、口に剣をくわえた水龍——聖獣オルキヌスの姿が描かれている。

人々の多く住む地はやがて陸地となり、血と涙は海となった。

聖獣オルキヌスを神として信仰する聖教会が生まれるのは必然だった。

時を経るうちに、結界を守る任務を与えられた者のなかから聖獣オルキヌスの特別な恩寵が与えられるようになり、彼らは聖者と呼ばれるようになった。

聖者は火や水、風や地といった魔法の能力で魔獣と戦ったり、人々の傷を癒やす能力を持っていたりする。

なかでも聖獣オルキヌスが最初に示した示した奇跡と同じ、世界を浄化し、魔獣を退ける能力は位階が高い聖者として信仰の対象になっている。

特に浄化の力が強い者が教皇となって聖教会の仕組みができ、教皇に次ぐ能力を持つ者たちが七人の枢機卿となって、聖教会そのものの影響は広がっていった。

いつしかラクスフィルド大陸と呼ばれる広大な地にはいくつもの王国が築かれたが、その国々は違う王が治めながらも、みな聖獣オルキヌスの加護を受け、聖教会を信仰していた。

そうでなければ、魔素と呼ばれる魔獣たちの好む毒素に侵され、その汚染された地は人が住めなくなってしまう。

魔獣が次々と生まれ、人間にとっては危険な土地となる。

その汚染源を魔素溜まりなどと言う。


王国の境界域では争いが起きると結界さえ魔素溜まりに侵され、浄化の力を失い、魔獣が襲ってくるようになる。人が住める領域は結界で守られているが、人の諍いが産む負の感情は魔獣たちの好物で、魔獣を呼びやすかった。

何重もの結界に守られた聖王国の王都はともかく、もっとも外側の結界――国境の近くで大規模な戦争が起きると、すぐに魔素溜まりが濃くなり、結界が弱くなる。

すべての聖者が浄化できる能力を持ってはいたが、ひとりひとりの力は弱い。

例外は教皇とギュンターだった。このふたりだけは、魔素溜まりに侵された結界をひとりで浄化して修復し、濃い魔素溜まりさえ浄化する強力な恩寵を持っていた。

彼が異例の出世をし、若くして枢機卿の座に上りつめ、年老いた教皇の代わりに、次期教皇になるのではと目される最大の理由だった。

(最初からあまり探りを入れると、女官長から警戒されてしまうかも……この辺で話題を変えようかしら?)

「窓の外に見えているのは……美しい庭ですね。散歩するのによさそうです。一回りしたいので案内してください」

「お褒めにあずかり光栄に存じます。庭師にも伝えておきましょう」

女官長は如才なく頭を下げ、返事をする。

石畳の先に広がるのは、タウンハウスにしてはよく手入れの行きとどいた庭だった。

領地屋敷と違い、王都内に構えた屋敷は、立地がすべてで大きな庭を造れるほど敷地が広い屋敷は滅多(めった)にない。

建物を外壁代わりに巡らせ、その内側に中庭を造る構造になっている。

小さな庭だからと、花を入れ替えるだけですませる家も多いが、クレヴィング伯爵家の中庭には、薬草をはじめ、銀色の葉の植物や見た目が風変わりな草花と、趣向を凝らした植栽がところ狭しと植えられていた。

雑然としているように見えて、高さの違う植物がうまく配置されているせいだろう。野趣溢れる庭はツェツィの目には新鮮で、魅力的に映った。

（気むずかしそうでいて、効能あらたかな薬草もありながら、見た目が工夫されている……まるでこの中庭は、ギュンター自身みたい）

一目見ただけで、ツェツィはこの中庭を気に入っていた。

花を多く配置して人を誘うような庭とは違い、生命力旺盛な薬草が伸びているところは、貴族の令嬢の興味を引く庭とは言えない。

しかし、そのとっつきの悪さが、逆にツェツィには好ましく思えた。

もっと奥深くまで入ってみたいという気にさせる。

手前にある薬草の区画を抜け、背が高い木々で区切られた先に足を踏み入れると、大きく水が吹きあがる噴水が出迎えてくれる。ウォーデン聖王国の王都ウォルウェルは水道が整備されているのが街の名物で、至るところに馬車や旅人用の水飲み場があった。

庭の真ん中でこんこんと湧きでる水は富貴の象徴である。

王宮や貴族の屋敷には噴水を造るのが流行っており、小高い丘に連なるように作られた王都は、巨大な水道橋と繋がっており、美しい景色が広がっていた。

そこは王都の有名な恋人たちのデートスポットでもある。

恋愛ゲームでは水道橋が見える秘密の小径でのデートが告白イベントになっていた。

（ああ……一度でいいからギュンターとあの小径を歩けたらいいのに……）

美麗なイベントスチルを思いだしてみたものの、当然のように、記憶の映像に映る令嬢はツェツィではない。ヒロインだ。

栗色（くりいろ）の髪の愛らしいヒロインはデフォルトの名前を『ミハル（水春）』と言った。

ゲームでの表記はカタカナになっていたが漢字の名前も公式のものだ。

ミハルの名前はおそらく、この水の都にちなんでつけられたのだろう。

前世では、このゲームで言うところの聖なる力の源は水で、ヒロインのデフォルト名は暗にそのことを示しているのではないかという考察がかまびすしくなされていた。

前世のツェツィが管理していた攻略サイトの掲示板の話題だったから詳細まで覚えている。

いまこうして目の前で噴水を見ていると、やはりヒロインのミハルこそがこの世界を救うのだろうなと、ぼんやりと思う。

（まぁ、わたしはヒロインじゃないし、ビジュアル映えするスポットでスチル回収イベントなんて起きるわけがない……そもそも現実ではスチル回収がないどころか、スクショ機能もないんだから！）

どんなに美麗な若いギュンターを目にしても、それを画像として留めておく機能はこの世界には存在しないのだと思うと、ファン心理としては複雑なものがある。

ツェツィは、はぁ、とため息を吐いた。

小さな嘆きが訪れても、美しい中庭を歩いていると長くはつづかない。

靴の先に花弁が届きそうな小さな花が目について、そのあまりの愛らしさに笑みが零れた。

形よく整えられた庭の一画からふわりと香ってきたラベンダーの香りにツェツィは思わずしゃがみこむ。

タウンハウスの中庭は平和そのもので風さえも穏やかだ。空は晴れて、ときおり流れる白い雲との対比がより中庭の緑を鮮やかに見せていた。

（なのにいま……ギュンターは戦争の後始末をしに出かけているだなんて、ぴんと来ない）

「ギュンター……無事に……早く帰ってきて……」

ツェツィはタバサに聞こえないように、小さな声で呟いた。

† † †

——六日目の夕方。ギュンターが帰ってきた。

ツェツィは侍女たちに警戒されながらも必要最低限の衣食住は世話され、なんの問題もなく過ごしたあとだった。

「お帰りなさいませ、旦那さま」

馬車から降りてきたギュンターを出迎える家令に侍従、女官長をはじめとした使用人たちも、主の顔を見てほっとした表情を浮かべている。

ツェツィもすぐに近寄りたかったが、勝手がわからず出遅れてしまった。馬寄せの前で、

「お、お帰りなさいませ……猊下」

ドレスの端をつまみ、体を屈(かが)めるようにして淑女のお辞儀をした。

初夜のあと、初めて顔を合わせるのだからとまどってはいる。

しかし、それ以上にギュンターの健康が心配だった。

ツェツィが消えいりそうな声で挨拶をすると、ギュンターは自分と同じ年頃の家令との話を終え、振り向いた。

「じゃあ、タイラー。そのように頼む。ツェツィも変わりなかったか？」

ツェツィに近づいてきたギュンターの様子に使用人たちからどよめきが起こる。

まるで、ここではツェツィのことを無視すると思っていたと言わんばかりだ。

（まぁね……正直、わたしもそう思っていました……）

どきどきと期待に高鳴る鼓動を手で押さえ、ツェツィもギュンターへと一歩近づく。

「は、はい。家令のタイラー、女官長のタバサをはじめ、侍女のみなさまにもよくしてもらいました。屋敷のなかも案内してもらいましたし……あ、でも聖祠堂をもう一度よく見たいと思

っていたのです。猊下と一緒に帰宅のお祈りをさせていただけたらうれしいのですが……ダメでしょうか？」

ちらりとギュンターの顔をうかがうと、意外そうに目を瞠っていた。

警戒はまだされていると思うが、ツェツィの言葉に新鮮な印象を抱いたようだ。

「ああ……そうだな。足を洗って着替えたら聖祠堂に無事に帰ってこられたことを報告し、祈祷をする。ツェツィも一緒に来るといい」

「ありがとうございます、猊下」

うれしさが声ににじんでしまう。

（想定より時間がかかったみたいだから、心配していたけど……）

久しぶりに会うギュンターの顔色は思ったより悪くなかった。

だから、屋敷の玄関に入っていく確かな足どりを見て、ツェツィはつい油断していたのだ。

魔素溜まりは大したことがなくて、屋敷でしばらく静養していればいいのだと……。


——主の帰宅に湧いた屋敷のなかがようやく落ち着いたころ。

ツェツィは軽装に着替えたギュンターとタウンハウス内の聖祠堂に向かって歩いていた。

軽装といっても、外遊用の毛織りの外套を着た服装から屋敷内向けの服装に替わったというだけだ。

ギュンターはいつもきっちりと宮廷コートを羽織り、首にはクラバットを身につけている。

それでも、聖教会の肩掛けを外している姿はやけに新鮮で、肩の力が抜けて見えた。

聖祠堂と言っても、タウンハウスのなかだからだろう。

主にギュンターが日常的な祈りを捧(ささ)げるための場所のようで、ふたりで入ると、なかが狭く感じるくらいの広さしかなかった。

ギュンターは慣れた様子で祭壇の上に置かれた聖典の上に手を置き、祈祷の言葉を唱える。

「聖獣オルキヌスの聖なる翼、聖なる鱗の加護により無事に帰宅できたことをここに感謝いたします」

自分の手をギュンターの手に重ね、ツェツィもたどたどしく祈祷の言葉を繰り返す。

終わりのところだけ言葉を換えて、「無事にギュンターが帰ってきたことを」とした。

実家ではこんなことは滅多にしないから、ひとつひとつの動きがぎこちない。

慣れている彼の前では迷惑をかけている気がして、何度も「ごめんなさい」と謝ってしまったが、そのたびに「落ち着いてゆっくりすればいい」とギュンターは待ってくれた。

(ギュンターのそういうところ……好き!)

きゅんとさせられて思わずその手を握りしめたが、触れているギュンターの手はやけに冷たかった。はっと顔色を変えたツェツィは、ギュンターの手からすばやく革手袋を剥ぎとる。

「なにを……ッ！」

突然の妻の行動は、なにかギュンターに害を為すためのものだと思われたのだろう。さっと手を振り払われたが、そこで怯むわけにはいかなかった。

「この手はなんですか？　わたしにごまかすつもりだったんですか⁉」

「少し冷えただけだ。途中まで馬に乗って帰ってきたからな」

「嘘です。いますぐここで服を脱いでください」

ツェツィはギュンターのジレのボタンに手をかけ、ボタンを外した。もちろんギュンターも抗ったが、ツェツィの勢いに推されたのだろう。なかば無理やりシャツをはだけられるままになっていた。

「ひっ……ああ……ッ」

目にした途端、ツェツィの口から悲鳴が零れた。

彼の左腹のあたりは真っ黒な入れ墨のような痣が広がっていた。濃い紫色に黒い渦が巻いたような模様は魔素溜まりによる汚染だった。

ウォーデン聖王国の周辺には、森や湿原、山脈を隔てて、いくつもの国が存在する。

城壁で囲われた外は魔獣たちの住み処であり、主要な街道には簡単な結界が張られていたが、道なき道を行けば魔獣に襲われる過酷な荒野が広がっている。

しかも最近は、隣国アスト王国がその危険を冒しても、ウォーデン聖王国の国境近くまで攻めてくることがつづいて、ウォーデン国王も聖教会も頭を痛めていた。

アスト王国は近年、自国から聖者が生まれず、魔素溜まりを浄化してもらうのにほかの国に頭を下げざるを得ない状態がつづいていた。

聖者が生まれない国は聖教会に対する影響力を失う。そのため、汚染された結界の浄化が思うようにいかなかった。

それが幾度も重なるうちに彼の王の誇りを傷つけたらしい。

業を煮やして聖教会への疑心を募らせ、はては多くの聖者を輩出しているウォーデン聖王国に不満を抱いていた。教皇が住まう聖教会を自国に移すようにという無茶(むちゃ)な要望をふっかけ、それが叶わないとなると戦争を起こしたのだ。

その戦争がまた魔素溜まりを生み、アスト王国の国境に魔獣を呼ぶ。

そんな憎しみの連鎖とも言うべき悪循環がつづいていた。

魔素溜まりは薄いものならば結界の近くでは自然に浄化される。しかし、結界を壊すほどの濃い魔素溜まりは汚染地域をどんどん拡大させていくから、聖教会から人を派遣して結界を強化し、魔素溜まりそのものを浄化しないといけなかった。

そういった知識をツェツィはゲームで知っている。しかし、ツェツィとして転生してのちは、現実に汚染が酷く進んだ魔素溜まりを目のあたりにしたことはなかった。

——一回の浄化でギュンターがどのぐらい汚染されるのか。彼は元気に帰ってくるのか。ずっと心配しながら待っていたが、魔素汚染がこんなふうに現れるのかとあらためて彼の命が危険に晒されていたのだと感じて、ぶるりと身を震わせる。

ゲームでも目に見えないところに影響が出ると描かれていたおかげで、ぴんときた。顔や手の肌は変化がないが、左腹ははっきりと汚染の証しが残っている。触れるまでもなく目にしただけで汚染の酷さが伝わってきた。

「それで左手がこんなに冷たいのですね。一回の魔素溜まりを浄化するだけで、こんなに体に影響が出るなんて……し、知りませんでした」

氷のように冷たいギュンターの左手を握りしめるツェツィの手のほうが震えている。

「一回ではない。詳しくは機密事項なので言えないが……最初に教皇猊下から命じられた戦場はすぐに結界を浄化できたのだ。予定より早く帰れそうだったのだが、戦場で別の魔素溜まりの報告が上がってきて……急遽、そちらにも出向いた。そこは結界の浄化だけではすまないほど汚染が進んでおり、何人もの聖者が倒れているなかで魔獣が次から次へと湧いてでてくる酷い有様だった」

「魔獣が……次から次へと……」

一匹の魔獣と対峙（たいじ）するだけでも普通の人間には死を意味する。

それが次から次へと湧いてくるなんて、どれほどの惨状なのだろう。聞いているだけでがたがたと体が震えてくる。

「なぜ、そんな無茶をなさったのです！　魔素に侵された身は浄化された聖教会で過ごせば、自然と回復すると聞いています。なのに連続で任地に向かうなんて……」

「私が向かわなければもっと多くの犠牲者が出ていた。それにいつになく体が軽かったので、魔素汚染もこの程度ですんだのだ」

「この程度っていつもはもっと酷いのですか⁉　教皇猊下の命令とはいえ、こんなことをつづけていたら、すぐに体を壊してしまいます……」

――いや、そうだ。

自分で口にしていながら、ツェツィはそこで我に返った。

（もしかしてギュンターも初夜のときすでに神聖力が欠けていたのかも……）

だとすれば、ツェツィと契りを交わしたせいでギュンターは神聖力が満ちてしまい、それを体調がいいと誤解して連続任務に耐えてしまったのだろう。

（つまり……ギュンターが過剰に浄化任務を請け負うことになったのは、わたしとの初夜のせ

いなのでは⁉）

自分が生き残りたいがゆえの行動が彼を危険な目に追いやった可能性に気づいて、ツェツィは顔色を変えた。

その様子は、そばで見ている分には、魔素汚染を目のあたりにして怯えているように見えたのだろう。ギュンターがわずかに声音を和らげて言う。

「落ち着け、ツェツィ。教皇猊下の命令ではなく、私が自主的に次の魔素溜まりの浄化に向かったのだ。このぐらいの汚染なら、しばらく療養していれば治るから大事ない。また隣国が大軍を寄越してきたら、療養中でも浄化要請が来るかもしれないが……」

「ダメです！　こんな状態でまた浄化したら、体を壊します！」

ツェツィが知るゲームのギュンターは体中に魔素汚染が残り、神聖力が衰えてさえいた。

彼は『元教皇候補だった枢機卿』としてゲームに登場している。

（つまり、これからこの魔素汚染がもっと酷くなるほど働かされるってことでしょう？）

ヒロインと結ばれないエンディングでは、明言はされないが、ギュンターはこのあと命を落としたのでは？　と匂わせる描写で彼の記述は終わっていた。

（わたしも死にたくないけど、ギュンターも失いたくない）

とっさにツェツィは体を屈め、その真っ黒に変色した痣に口づけた。

「なっ、なにをする……聖祠堂ですることではな……い……」

やわらかな唇が触れた感覚は、魔素汚染された肌でも感じるらしい。びくり、と身を震わせたギュンターは途中から言葉を失った。

その次の瞬間、魔素に侵された自分の左腹の変化にギュンターはすぐに気づいたようだ。ツェツィが顔を上げれば、ギュンターは信じられないと言うように目を瞠っていた。

ツェツィの唇が触れたところだけ黒色がやわらいでいる。

「猊下、わたしはあなたを失いたくありません。わたしも死にたくありません。だから、どうか……なにも聞かずにわたしを抱いていただけないでしょうか」

頬骨の高い整った顔を両手で挟み、顔を近づけて誓願する。

誓いのキスはされなかったけれど、それで構わないと思っていた。

(だってギュンターが生きていてくれればよかった。生きて笑っていてくれればいいと思っていた……)

でも違う。こんなにすぐ近くにいるのに、これからだっていくらでもキスする機会があるはずと思いながら、不意に彼を失ってしまうのは怖い。

目を瞠って固まるギュンターに、ツェツィは顔を近づけた。

あと少しで鼻が触れそうなところまで近づいた瞬間、ツェツィとしてはなけなしの勇気を振りしぼって顔を寄せた。

なのに、最後の最後でギュンターのほうから近づかれ、さっと唇を重ねられた。

やわらかい感触に驚いて、ツェツィは飛びのいた。

「……ッ！　げ、猊下……い、いまのは卑怯じゃないですか」

堪えていた恥ずかしさが台無しにされて頭に血が上ったのと、それでも、やわらかい感触に心が揺さぶられたのとで顔が熱い。

「悪い、ツェツィ……君があまりにも必死な顔で近づいてくるから……つい」

くくく、と笑いをかみ殺したギュンターの表情があまりにも魅力的すぎて、怒りたいのに怒れない。

しかも、一息に飛びすさろうとして体勢が崩れたところを、ギュンターの腕に抱きとめられており、気まずいとしか言いようがなかった。

「おまえは変わっているな……アンハルト公爵家の人間らしくない」

どきりとした。前世の記憶を思いだしてから、ツェツィというより前世の自分の感覚で推しと向きあってしまったのは確かだ。

でも、身を強張らせたのはそれだけが理由ではなかった。

前世でキャラを好きになる感覚でギュンターを慕う気持ちが、ぐるりと回転する扉のように反転し、ツェツィとして生きてきた複雑な感情に切りかわる。

「わたしはツェツィーリア・イリス・フォン・アンハルトです。いまはもう、クレヴィング伯爵家に嫁いできた身ですが……アンハルト公爵令嬢だったことに変わりありません」

公爵令嬢であることは、悲しいまでに、ツェツィのたったひとつのよりどころだった。

ぎゅっと拳を握りしめたツェツィは、義母と異母妹の顔を思いだし、次に権力争いに腐心し、ツェツィを政略結婚で追いだした父親の情のない顔を思い浮かべた。

目の前で魔素汚染に苦しむギュンターをも枢機卿の座から引きずり落とし、ツェツィと同様に、惨めな目に遭わせようと画策している人たち。

彼らに復讐(ふくしゅう)したいという暗い欲望が、一瞬、ツェツィのなかに宿ったのを見透かされたのかどうか。

「そうか……アンハルト公爵令嬢。私の失言だった」

眉間に皺を寄せた気むずかしい顔に戻ったギュンターは、あえてツェツィではなく、結婚前の身分を表す呼称で呼びかけてきた。

そうやってツェツィのことを尊重してくれる態度に、ぎゅっと胸を掴まれたように痛くなった。

（こんなの……好きにならずにいられない……）

乱れた服からちらりと見えているギュンターの禍々しく変色した左腹をうかがい、ツェツィは覚悟を決めた。

生家に復讐したいという感情は、この際、一度忘れよう。

いまは彼の生命の危機をどうにかするほうが先だ。

（わたしは死にたくないし、ギュンターも殺させない……ゲームがはじまるまで生きのびて、イケオジとなっていくギュンターの姿をこの目に焼きつけるんだから）

――どんなに恥ずかしいことを我慢してでも、生きのびられる方法を試す。

そう決意したツェツィはギュンターを、きっ、と意思をこめた目で見つめ返した。

「その……猊下。念のためにおうかがいしたいのですが、わたしを抱くのは先日の一日だけということではありませんよね？　初夜の翌朝、なにも知らされずに見知らぬ屋敷にひとりで残されたわたしがどれほど心細かったことか……」

わざとらしく鼻をすすってみたけれど、こんな素人くさい演技に騙されてくれるだろうか。

ギュンターと駆け引きをする必要があるのだから、もっときちんと台詞を考えておけばよかった。

時間はあったはずなのに、実際には、こんなにも唐突に彼を説得する瞬間はやってくる。

まるで運命の神は、その前髪を掴まないと、あっというまに去っていくと言わんばかりだ。

「猊下、子どもというのは一回でできるわけではないとご存じですか？　初夜のあとお話しするまもなく旅立たれ、いまもお疲れのところにお願い申しあげるのは心苦しいのですが、わたしの立場を少しでも気にかけてくださるなら、いま一度わたしを抱いてください。できるだけ早く」

嫌われるのも覚悟の上で、あえて強めに言う。女主人としての立場を強くするためには、主の寵愛（ちょうあい）を受け、最終的には後継ぎを産むことが肝要だ。

それでいてツェツィが立ち向かう困難は、後継ぎを産むとか使用人を掌握すると言った現実の問題だけでないのが悩ましい。

ギュンターに抱かれただけですべてが解決するのなら、どんなによかっただろう。

ツェツィの死亡フラグがなにに起因しているのかわからない上、本当に回避する方法があるのかすらわからない。

それでも、なんの地盤もないクレヴィング伯爵家に単身でやってきたからには、ギュンターだけが唯一の頼みだった。

彼がいなくなったら、ツェツィの命なんて風前の灯にすぎない。

使用人たちに意地悪をされて食事をもらえなかったら、それだけで体が弱ってしまう。

今回のギュンターの不在は六日間ですんだが、一ヶ月いなかったらこの屋敷に居所がなくなるかもしれない。

この世界の貴族の令嬢というのは、ひとりで屋敷を出ていくことすら簡単ではない。馬車がなければ実家に連絡もとれないし、部屋のどこを探しても歩きやすい靴ひとつなかった。

貴族の令嬢というのはそれぐらいひとりでは生きていけない儚い存在なのだと突きつけられた心地がする。

ツェツィとしては、今後の自分の生活を守るために必死だった。

(ギュンターを助けるためには閨の行為が必要なわけで、それには子作りが一番自然な言い訳だと思ったんだけど……)

浄化任務で神聖力を使い果たしたギュンターが魔素汚染された状態の一方で、ツェツィの体には神聖力がありあまってる。

彼はツェツィを抱くことで欠けた神聖力を回復し、ツェツィは体を壊すほどの膨大な神聖力を吐きだせる――まさに一石二鳥の行為なのだった。

しかし、ギュンターに抱きとめられたこんな状態で話をすることになるなんて想像していなかったから、どきまぎとさせられて余計に言葉がうまく出てこない。

そんなツェツィの様子をギュンターは心配してくれているようだ。

「初夜のとき、おまえはずいぶんと私に触れられて震えていた。確かに嫁いできたからには伯爵家で女主人としての地盤を築くことが重要なのだろうが、政敵に抱かれるのは嫌だという気持ちはないのか」

その言葉はずっと押しとどめていた、ツェツィのギュンターに対する感情が吹きだす引き金になった。

「わ、わたしはギュンター・バルドゥル・フォン・クレヴィングさまを推して……いえ、お慕い申しあげてますので、初夜が嫌だったと言うことはありません。あのときもいまも意識が飛びそうなほど動揺してますが……たとえ猊下の手がわたしの肌に触れて悲鳴をあげたとしても、それは猊下の銀髪をかきあげる仕種があまりにも色っぽいとか頬骨が高いのが格好よすぎて眩暈を起こしそうとか、ようするに猊下があまりにも素敵すぎて間近に迫られるとあまりの眩しさゆえ漏れでる悲鳴であって、決して……決して猊下を怖れてのことはありませんので、誤解なきようにお願いします！」

オタク特有の推しについて語るときだけやけに饒舌になる口調で、ツェツィは決意表明をする。

（父親の政敵だとか、三年しかない余命のこととは関係なく、ギュンターのことを推しているんです……わたしは！）

正直に言えば、普通の初夜がどのように進むのかもわからなかったのだから、検査をされるという大義名分があって逆に耐えやすかったくらいだ。

そうでなかったら、恐怖より先に萌え死にそうになって逃げだしていたかもしれない。

「おし……とはなんだ？」

眉間の皺を深めて問われたところで、緊張のあまり、いらないことを口走ったことに気づいた。しかし、『推し』に関してはこの世界にも存在する概念である。

ゲームと違うのは、この世界では同じ推しを持つファン同士でソサエティを作っており、ごく一部の例外を除けば、推されている側は自分が憧れの的となっている事実を知らないと言うことだった。

ごく一部の例外とは、推されていることを自覚して、積極的に信者との交流をしている枢機卿もいるからだ。そういう枢機卿はファンとの交流会を開き、特に有力な貴族の令嬢を手厚く遇して、支持を得ているのだとか。

「推しとはつまり、七人の枢機卿のうち、好みの方を特にお慕いしているという意味です。基本的に貴族のご令嬢方は独身の枢機卿のどなたかを推すソサエティに入っておりますけれど、唯一の女性枢機卿カティーナ猊下をお姉さまとしてお慕い申しあげるソサエティも存在します」

――実を言えば、前世の記憶をとりもどす前のツェツィもこっそりと匿名でギュンターのソサエティに入っていた。

親の政敵であってもお慕いしたいという令嬢は少なくないらしく、仮面をつけての交流会という企画もあったぐらいだ。ギュンターは当然ながら推されていることを知らないので、ソサエティの存在すら初耳だったらしい。

理解できないといわんばかりの怪訝な表情になったが、そんな顔が見られることすら、ツェツィにとってはご褒美みたいなものだった。

「枢機卿はみなさま、それぞれの決まった色の肩掛けをされているでしょう？　教皇猊下は白地に金、ライデン枢機卿は臙脂、エリドゥ枢機卿は濃紺といったように。ですからソサエティでは推しの枢機卿の肩掛けと同じ色のハンカチや小物を持って、自分の推しが誰なのかを周囲に示すのです」

「その活動のなにが楽しいのかいまいちわからないが……アンハルト公爵令嬢は私の肩掛けと同じ色の小物を持ち歩いていたと……そういうことか？」

「もちろん持っています」

ギュンターの肩掛けは青みがかった鮮やかなエメラルドグリーンだ。染めが難しい色で、肩掛けと同じ色のハンカチを手に入れるのにツェツィは苦労した。

似たような色で妥協する人もいるが、ツェツィは色の違いにめざとく、肩掛けと同じ素材で染めたハンカチを苦労して探して手に入れたのだった。

もちろん、実家にばれたら大変なことになるので秘密裏に手に入れ、秘密裏に持ち歩いていた。だから、公的にはツェツィがギュンターのソサエティに入っていたという話は知られていないはずだ。

（そういえば、ソサエティのお知らせの住所変更をしていなかった！　いえ、でもギュンター猊下の家に住所変更なんてできるわけがないし……）

ギュンターの腕のなかで考えごとに耽ってしまい、気まずい沈黙が流れてしまった。

「ともかくそういうわけなので、初夜でのわたしの心情に関しては問題ありません。むしろ、引きつづき、初夜と同じことをお願いしたいくらいです」

話を戻したツェツィは足下を確かめて、そっとギュンターから体を離す。

「つまりは初夜をつづけたいと……そういうことか」

「ええ、そのとおりです。本来ならば、初夜の翌朝に話すべきことだったと思うのです。その時間がありませんでしたので、いまここできちんと取り決めさせてください」

――だってギュンターはわたしを抱くことで魔素に侵された神聖力を回復できるはず……。

これから三年後、ツェツィが死んだあと、ギュンターは戦争がつづき、魔素溜まりの汚染が酷い地域に長く派遣され、体を壊してしまったと告白するシーンがある。

しかし現実には、ツェツィがギュンターと初夜を迎えたことで、ゲームと過去が変わってしまった。その影響なのか、すでにギュンターは予定より多くの戦場に向かうという、想定外の行動をとっている。

つまり、ツェツィがギュンターのゲームで言及された過去を変えれば変えるほど、この先も違う展開が起こる可能性が出てきた。

（わたしが生き残り、ギュンターも生き残るためには夜の夫婦生活を営めばいいのだと、安易に考えていた……）

どうやら生き残るための道は、当初考えたほど簡単ではないらしい。

いまは、手を伸ばせば自分の推しの、さらさらの銀髪に触れられる。

その感触で胸をいっぱいにしながら、ツェツィは次の一手をどうしたものかと考えた。

彼に触れるだけで、自分の体の内側から『なにか』が流れだしていく感覚がある。

ギュンターの髪に引っ張られていくような、自分自身が彼に吸いこまれていくような不思議な感覚だ。

（あ……そういえば、初夜のときもこんな感覚があった……）

そのときは熱に浮かされたような心地でいるせいだろうと、あまり気に留めていなかったが、冷静に考えると、彼の神聖力が少しでも減っていたり汚染されていたりする状態だと、触れるだけでもツェツィの力がわずかに吸いとられるようだった。

まだ推測の段階にすぎないが、ツェツィにとっては希望が見えた気がした。

もう一度、ひんやりと冷たいギュンターの肌に触れる。

自然からとりいれる魔力、体の内側から涌きおこる神聖力などと、性質によって言葉が違うが、原理は同じだ。

薄いガラスの器のなかで鋳て溶かした鉄が暴れたら、ガラスが割れてしまうように、あまりにも強大な神聖力や魔力を持つと、それが体という器を内側から攻撃してしまう。

体に強大な力を持つものは、比例するようにそれをふるう恩寵を持つはずなのに、ツェツィはなんの能力もないできそこないだった。

神聖力を吐きだせず、魔力過多症に冒されたツェツィの肉体は少しずつひび割れて綻び、長く生きられない運命にある。

幼いころから体が弱く、特に母親が死んでからは二十才まで生きられないだろうと言われていた。

のちの世では魔力過多症などと名付けられ、よく知られるようになるが、なぜ体が弱っていくのか医者にもわからない原因不明の病だったからだ。

――そう、ツェツィが魔力過多症であることは、いまの時点では誰も知らない。

ギュンターがその事実を医者から知らされるのは、ツェツィが亡くなったあとの話だった。

ツェツィの魔力過多症の治療方法は簡単だ。

神聖力が欠けた人と触れて、わけ与えること。手で触れるよりはキスなどの接触のほうが効果的で、なかでも性的な交わりは神聖力をうまく吐きだせる一番の治療法とされていた。

恋愛ゲームならではの設定だ。

（だからこそ！　魔素に侵されたギュンターにわたしの神聖力を与えれば、ギュンターは体がよくなるし、ありあまる神聖力がわたしの体を壊すこともない。お互いに長生きできる可能性が高い）

しかし、ゲームのなかではずっとギュンターはツェツィと顔もろくに合わせなかったことになっているから、顔を合わせれば合わせるほど、生存率が上がる代わりにゲ、ー、ム、の、な、か、の、過去が変更になるかもしれない。

（かもしれない、かもしれない、かもしれない……推測ばかりだけれども、なにもしなかったらわたしの結末を変えられない）

ともかく、ツェツィがギュンターに抱かれれば、お互いの身体的な問題は解決する。

（夫婦なんだから、夜の生活があることにはなんの問題もないはず……）

勢いだけでなんの説得力もないツェツィの説明をギュンターはどう受けとめたのだろう。

眉間に皺を寄せ、しばらく考えた様子のあとで意外なほど重々しく口を開いた。

「そうか……やはり気にしていたのだな」

――ん？　気にしていた？

嫌がられるだろうと思っていたのに、予想と違う返事がきて、ツェツィは首を傾げた。

「初夜の儀式は古来には三日三晩つづけるものだったという。民間では一晩でよいとされて長いが、聖者の結婚――それも枢機卿ともなれば、その古来の習わしどおり、三日三晩、夫婦で部屋にこもるものとされている。だから、余計に聖教会から呼びだされて私が出かけたことを怒っているのだろう？」

「三日三晩……」

ツェツィの脳裡に肌と肌を合わせたときの感覚がさっとよみがえり、かぁっと体温が上がる。

「初夜までが婚姻の儀式――そう言うおまえの……ツェツィの主張は受け入れると私が言ったのだ。枢機卿の誓言は守らなくてはいけない。きちんと初夜の儀式はすませる」

そう言いながら、すっとツェツィの腰を愛撫するようにギュンターの手が滑った。

ぞわりと、気持ち悪さと紙一重の快楽が体の奥に湧きおこる。

ツェツィの体は祭壇の上に腰かけるように持ちあげられ、その上にギュンターも膝を立てて乗っかる。

いきなりこんな展開になると思わなくて、自分から誘ったはずなのに、ツェツィは及び腰になってしまった。じり、と祭壇の上で後ずさりする。

「あ、あの……猊下。その、さ、祭壇の上というのは少々、聖獣オルキヌスに不敬ではありませんか？」

ツェツィがたじろぐ間にも、ギュンターの指先がツェツィの乱れた髪に触れ、掻きあげて耳にかける。その仕種はまるで愛しい相手にするようで、またしてもツェツィの体温がかぁっと跳ねあがった。

（ど、どうしよう……ギュンターらしい冷たい態度でも悲鳴をあげるくらい好きだったのに、こんなファンサは完全に想定外……意識が、意識が飛びそう……）

――推しに押し倒されてその整った顔面を間近で見ておりますが、銀色の睫毛に落ちる翳さえ僥いまでに美しく、すっと伸びた鼻梁も高い頬骨も眼福すぎて、これをスクショできない身が口惜しすぎて、むしろその口惜しさゆえに鬼女にでもなってしまいそうです――などと、頭のなかで自分の状況に解説を入れてみたところで、心臓は早鐘を打ち、動揺するあまり、体が震えて、わずかにも動けないというのがツェツィの実情だった。

「聖獣オルキヌスは繁殖を言祝ぐ神でもあるから、子作りの行為を非難するような心の狭い神ではない」

「うっ……それは……確かに……」

聖獣とはいえ、水龍オルキヌスは獣である。それゆえ、性行為と繁殖の神でもあり、聖教会では子作りのための性行為はとうといという教義さえあった。

このあたりは前世の知識がよみがえったいまだからこそ混乱してしまうところだった。

（前世の教会とは違うから、気をつけないと……）

——枢機卿であるギュンターを説得したいのに、感覚の違いで言い負けてうっかり押し倒されているなんて。

しゅるりと背後でドレスのリボンが解かれる音が、狭い聖祠堂にやけに艶めかしく響く。

言葉遣いは堅苦しいのに、艶めいた仕種を肯定する台詞を吐かれ、誘ったはずのツェツィのほうが動揺していた。

（こんなのはずるい……わたしの推しは絶対零度の塩対応ファンサが売りで、それが推しとして解釈一致だったし、十分きゅんきゅんさせられていたはずなのに……）

冷たい表情のまま押し倒してくるなんて、解釈一致の斜め上を行かれて、顔が熱くてくらくらした。

知恵熱が出て意識を失ってしまいそうだ。

「ん、その……げ、猊下……で、ではここで初夜のつづきをして、わたしたちの結婚をいま一度、聖獣オルキヌスに誓うということですか」

ウォーデン聖王国では子どものころから聖典を読まされる。内容はわかっているつもりだが、いまのツェツィは前世の記憶が鮮明だからだろう。一般的な日本の結婚と違うことを枢機卿から匂わされると、あまりにも艶めかしくて、いま押し倒されているという事実と相まって、あやしい気分になっていた。

「そうだ。初夜をすませるまでが結婚の儀式というおまえの言葉は、確かに間違っていない。枢機卿のなかには、聖典の一篇(ぺん)を忠実に再現するために、三日三晩、睦(むつ)みあったという話もあるくらいだ」

「三日三晩……つづけてですか⁉」

予想外の話を聞かされてツェツィのほうが動揺した。

前世でも経験がなかったし、今生でもまだ一度しか男性経験がない。

あのときは、死にたくない一心だった。

初夜をやりとげないと死ぬという強迫観念に苛(さいな)まれていたから、必死に彼を説得して抱かれることができた。

しかし、あれを三日三晩つづけろと言われると躊躇(ちゅうちょ)してしまう。

(体だって痛かったし、さすがに無理……いや待って……その間はギュンターが戦場に行かないと思えば、それはそれでありなのでは。ああ、でも……）

汗ばんだ髪をさりげなく掻きあげる仕種も服を少しずつ脱いでいく姿も、最高に色っぽかった。祭壇の目の前で言うのもなんだが、とても目の保養である。

ゲームでのギュンターはイケオジ設定だったせいか、紳士的な絵が多かった。そんな推しの艶めいた姿を目に焼きつけられたことには一片の悔いもない。

それでも、やはり体力的にはできるかどうかは別な問題だ。

（だって一応わたしは体が弱いんだし、どこまで耐えられるか……それとも、魔力過多症の場合、他人に神聖力をわけ与えれば与えるほどよくなる可能性もある？）

どちらが正解なのかはわからない。ツェツィに関しての文章は短く、魔力過多症に関してもさらりと触れられていただけだから、どうなるのか予測するだけの情報がなかった。

ツェツィが逡巡（しゅんじゅん）しているのを察したのだろう。

頭の上で、ギュンターが小さく笑った。まるで初心な自分を見透かされているようだった。

「嫌か？　嫌なら……」

「嫌じゃありません！　しましょう、ぜひ。聖典のとおりに三日三晩！」

あれだけ迷っていたくせにやめるかと言われると、とっくに覚悟を決めている自分が顔をのぞかせる。

ここでギュンターを拒絶したら、その体の痣も放置することになる。それだけは避けたい。

（だってギュンターはヒロインと結ばれなかったら……）

最悪の未来を思いえがいて、ツェツィはぶるりと身を震わせた。

手を伸ばしてギュンターの痣に触れる。すると、やはりわずかではあったものの自分のなかで神聖力が蠢くのを感じた。

（意識を集中して、ギュンターの痣が治るように左手から彼に光が伝わるイメージで……）

ツェツィに触れられてびくりと彼が身を強張らせたのは、何度もアンハルト公爵家に暗殺されかけたというせいなのか、たんに触れられて感じたのかわからない。

しかし、触感がまだ残っているのはいい傾向に思えた。

「おまえはいったい……」

ギュンター自身、ツェツィから伝わる力を感じているのかどうか。とまどうような声を漏らしつつもされるままになっている。

祭壇の上に押し倒されると、聖典を開いた書見台の裏でさえ、金の飾り模様が施されているのが見える。こんな場所に寝転んだことがないからだろうか。天井に描かれたオルキヌスを背にして、ツェツィにのしかかるギュンターがやけに新鮮に見えた。

「んんっ」

首筋に食いつかれるように顔を埋められると、くすぐったいのと人間の急所を押さえられたことへの動揺で心臓が不規則に跳ねる。びくんっ、と体が大きく跳ねて、その情動の赴くままにギュンターに抱きついていた。

首筋にやわらかい唇を、ちゅっ、ちゅっ、と押しあてながら、耳の後ろへと近づいていく。

敏感なそこへと舌を這わされると、「ふぁっ」と変な声が漏れでた。

声の動揺とは反対に体はギュンターの唇から攻められることをよろこんでいるようだ。次第に、脚と脚の狭間は湿度を帯びた熱が涌きおこり、ツェツィは思わず、脚を擦りあわせた。

自分の体が動くと、上に乗っかっているギュンターとも衣擦れを伴って体が触れあう。

「はぁ……あぁっ」

耳朶を甘噛みされると、くすぐったい愉悦に甲高い声があがる。

まるで耳を責められると弱いと自ら証明しているかのようだ。

くすり、というギュンターの笑い声を耳元に落とされ、気恥ずかしさに頭の芯まで熱が上がるのを感じつつも、悪い気はしない。

ギュンターの唇がまたツェツィの耳に食いつくのをびくびくと震えながら耐えた。

「そうやって私を誘うと、本当に……止められないぞ」

「止めなくて結構です」

ツェツィとしてはいま誘ったつもりはないが、そっとギュンターの左腹に手を添える。

「……ッ、だからそうやって……！」

ギュンターがまたなにか言う前に、ツェツィは首筋に抱きついた。

「三日三晩睦みあう、これが二日目です……三日ほどで帰るはずだった旦那さまが、六日も帰ってこなかったのですから、この期を逃したら次がいつになるかわかったものではありません。枢機卿ともあろう方は誓言を違えないのでしょう？」

抱かれるのは少し怖いのに、ようやく帰ってきたギュンターの体の匂いを嗅ぐと、彼が生きていると実感できる。

「もちろんだ……ただ、おまえに選択肢があることを確認しただけだ。構わないと言うなら、もちろんつづけよう」

骨張った指先がツェツィの背後に回って蠢く。

屋敷のなかで過ごすためのドレスだから、簡単に脱ぎ着できてよかった。ギュンターが手探りで留め具を外すのを感じて、上衣が脱ぎやすいようにように体をずらした。

つづいて背後のコルセットの編み紐(ひも)を解かれたのを感じる。

久しぶりの再会でこんなことになるなんて夢にも思っていなかったが、抱きあいながら、わずかに蠢く気配が妙に艶めかしい。

初夜で体を重ねたときの記憶がよみがえり、思いだすように体の芯が疼いた。

戦場帰りというのは昂ぶるものなのだろうか。それとも、三日三晩睦みあうという教えを忠実に守ろうというのだろうか。

ギュンターは先日よりもやけに積極的にツェツィを求めてくるようだった。

体の動きとともに吐息が零れて、彼の情欲を感じさせる。

ゆるんだコルセットをずらし、双丘を露わにすると、下から持ちあげるように掴んだ。形を変えるほど強く乳房を掴まれると、痛いのに、甘く疼く感覚が強くなる。

びくりと背筋を弓なりにしならせるようにしてツェツィの体が震えた。

「あぁ……んっ、そこは……ンぁあっ」

こんな聖祠堂で胸を出されるとは思っていなかったせいだろう。掴まれてすぐに乳頭は硬く起ちあがっていた。

その赤い蕾のくびれを確かめるようにギュンターの舌を這わされ、びくびくと体が跳ねる。

触手のような舌先の感触は、さらに疼きを呼び覚ますようで、ぞくぞくと背筋に悪寒めいた快楽が走った。

「猊下……が……」

この激しさはそれだけ魔素汚染が激しかったということなのだろう。

快楽を感じるさなかにも、触れあっているところから、自分の体の内側から神聖力が伝わるようにとツェツィは祈った。

体の重心を移動させた瞬間、ギュンターの灰褐色な瞳と視線が合い、ツェツィは彼の頬を両手で掴み、にっこりと微笑んだ。

「無事に帰ってきてくれてよかったです……」

その言葉に目を瞠ったギュンターは、どこか気まずそうな表情で顔を寄せてきた。

長い睫毛が伏せられ、

「んん……」

互いに半裸のまま、祭壇の上でむさぼるようにキスをする。

それはまるで獣のような姿だったが、この世界では許されている——枢機卿であるギュンターがそう言ったのだから、大丈夫なのだろう。自分の前世の価値観を頭の隅に押しやるように、ツェツィは唇を割って入るギュンターの舌を受け入れた。

「ンぅ……っふ、ぅん……はぁ……あっ」

大聖堂ではツェツィとのキスを拒んだくせに、ギュンターはやけに執拗に口腔を蹂躙し、舌を絡めてくる。鋭敏な舌の奥を攻められて、ツェツィは喘ぎながらも、誰のものともつかない唾液を飲みこんだ。

その間に、器用にもギュンターは自身のトラウザーズの前を寛げていたらしい。

ツェツィの体を回転させ、スカートを持ちあげると、拙速にドロワーズを脱がされる。

ドレスを全部脱がせるのは大変だからだろう、ドレープを腰のあたりまでたくしあげるとツェツィの体を開かせ、背後から突くようにして肉槍を穿（うが）った。

「あぁ……はぁう……ッ」

舌を入れたキスと触れあいのおかげで蜜壺はわずかに潤んでいたけれど、慣らしもなく直接挿入されたせいだろう。

反り返った肉槍が奥深くを突いた瞬間、苦しげな声がほとばしった。

その質量は以前よりも大きく感じられたが、一度、破瓜を経験しているせいだろうか。痛みは感じていたものの、思っていたよりもあっさりとツェツィのなかに収まってしまった。

わずかに血の匂いが漂うが、触れあって感じる愉悦に気をとられて、すぐに意識から零れてしまった。

しかも、体に肉槍を穿ったまま、今度は背中からギュンターの腕が回り、ツェツィの胸を揉みしだいてきたから、たまらない。

「ひゃ、あぁっ、あっあっ……――ッ」

快楽の波が急に大きくなり、ツェツィの意識は飲みこまれてしまった。

絶頂に至ったのだと意識するまもなく、ふぅっと体に浮遊感が訪れる。

恍惚としたまま涌きおこる愉悦にうながされ、ツェツィの膝は力が入らなくなっていた。

ぐらりと体が傾げぐのを止められなくて、抱きしめられるようにしてギュンターの腕のなかに転がりこんでしまう。

「……猊下、今日は一段と……大き……ッはぁ……」

なかに挿入されたまま体位が変わったせいで、自ずと肉槍が膣のなかで擦れて、敏感なところをかすめていく。

「ツェツィの胸の先だってこんなに硬くなっている……お互いさまだ」

そんな言葉をやり返され、きゅっと胸の先をつまみあげられると、びくんと大きく腰が揺れた。

胸の先をつままれると弱いのを見透かされているようだ。

「ツェツィはここが弱いんだな。俺の妻になった女はほかにどこが感じるのか……もっと体に教えてもらおうか」

そんなことを言いながら、肉槍を一度根元まで引きだし、また奥へと突き立てる。

さっきとは違うところを肉槍がかすめた途端、頭のなかで星が散る。

ひときわ鮮烈な快楽が背筋を走った。

した。

「ふぁっ、あぁ……っ、は、げし……ギュンター……ンああっ」

体の芯と胸の先とを同時に責められ、自分の性感帯を揺さぶられると、目の前がちかちかと

「あっ、ああ……はぁっ、ンぁあ……——あんっ、あっ、あっ……」

肉槍を抽送されるたびに、赤い唇からは短い嬌声が零れた。

何度も体を貫かれて、ツェツィは絶頂にも至っていたが、ギュンターはまだ満足できないのだろう。

祭壇の上で体を入れ替えるようにして、ツェツィの体を下にすると、膝を肩にかけて、抽送を繰り返した。ずぷ、ぬぷという粘ついた水音をあげながら、肉槍の抽送を繰り返され、息が上がる。

「猊下……ギュンター……も、ぉ……我慢できない……」

——欲しい。

乱れるあまり、猊下と呼ぶことも忘れて鼻にかかった声で強請ると、体の奥に精を放たれた。

荒々しく息を吐くギュンターと、びくっと自分の体が震えたのと。

汗ばんだ体にぎゅっと抱きつくようにして、ツェツィはまた快楽の波が大きくなる感覚に呑みこまれた。

ぶるりと体が震えて、愉悦を強く感じる。

「悪い……君の体が魅力的すぎて……無理をさせてしまった……」

ギュンターの苦い声音にはこんなつもりではなかったのにという悔恨が入りまじっていた。

それはまるで、大聖堂で聞いた、未来の彼の言葉とよく似ていて、ツェツィはそんなに苦しむ必要はないばかりに、逞しいギュンターの体を抱きしめた。

「大丈夫です……こう見えて、わたしは意外と丈夫なんですから……それに、夫婦は快楽だけでなく苦痛もわかちあうものでしょう？　聖獣オルキヌスに誓って、ギュンターが謝ることはなにひとつありませんよ」

ツェツィの指が左腹に触れると、その肌はすでに体温をとりもどしており、ほっと安堵した。

久しぶりの性交で体の奥に異物感があるのは仕方ないが、気持ちは晴れやかだった。

（ギュンターが無事に帰ってきてくれたし……この交わりで、魔素汚染も癒やすことができたし……）

ツェツィとしてはむしろ大満足の結果だ。不満なんてあるわけがない。

「ただ……祭壇の上を汚してしまったことだけは……誰かに見られるより先に拭いておいたほうがいいかもしれませんね」

いくら聖獣オルキヌスは許してくれると言っても、聖祠堂を汚しておくのは問題がある。

くすっとツェツィが笑うと、呼応するようにギュンターが照れ隠しの咳払いをした。

「それは……そうだな。ツェツィの言うとおりだ」

そう言いながら、ツェツィの体を抱き起こして、承諾のつもりなのだろう。ちゅっと頭に軽いキスを落とした。

† † †

祭壇を綺麗にしてから聖祠堂をあとにし、私室で身なりを整えたころだった。

ココンという気忙しいノックがしたかと思うと、部屋の扉が開けはなたれる。

「おふたりでゆったりとお過ごしのところ失礼いたします、猊下。国王陛下から急ぎの使いが来て、本日、開かれる戦勝パーティに猊下も参加していただきたいとのことですが……いかがいたしましょう？」

まだ若い家令は一息にそう言うと、視線でギュンターの姿を探したようだ。

いつも部屋にいるときは机にいることが多いのだろう。

「猊下？　こちらにいらっしゃいませんか？」

いつになく焦った様子のタイラーの声に咳払いをひとつ。

ギュンターはクラバットを綺麗に直して、つづきの応接間へと姿を見せた。

「タイラー、いくら急ぎの用があるとしても、これからは注意をして部屋の扉を開くように。特にツェツィといるときは、私がいつものように執務をしているとはかぎらないのだから」

ギュンターの背後からツェツィが現れたのを見て、釘を刺されたのがどういう意味なのかさすがに察したようだ。

「も、申し訳ありません」

家令は衣服の乱れを直すツェツィとギュンターに気づき、気まずそうに頭を下げた。

ギュンターは家令の手から招待状を受けとり、封蝋を割って中身を確認する。

手紙を読むうちに、みるみる眉間に皺が寄った。

「戦勝パーティの招待状を当日になって持ってくるとは……アンハルト公爵の妨害工作か?」

少し言いよどんでいたのは隣にいるツェツィのことを気にしてくれたようだった。一瞬、彼の灰褐色の瞳がツェツィの顔色をうかがう。

「それはその……チェルシー男爵が招待状を持ってきたので、その可能性は高いと思います」

家令のタイラーもやはりツェツィに遠慮するように言う。

チェルシー男爵というのは、国王の下で働きながらギュンターを失墜させられそうな情報をツェツィの父親に流しているアンハルト公爵派のひとりだった。

彼が関わっているなら、アンハルト公爵の仕業で間違いないだろう。

「それと、猊下のお帰りが予想より遅れたので……招待状を出していいものか迷っていたと言い訳をしておりました」

「なるほどな……つまり私が帰ったら渡そうと思っていたと」

「……はい」

ちらちらとタイラーがツェツィの顔を見るのは、この話を知られていいのだろうかと気にしているようだ。その仕種に気づいたギュンターが先んじるように命令する。

「ツェツィーリアのことは気にしないでいい。それに、アンハルト公爵だって自分が妨害工作をしたことぐらい、こちらもわかって当然だと思っているはずだ」

「は、はい……承知いたしました」

ツェツィはふたりがやりとりしている話を聞きながら、ギュンターのジレの前を締めようとボタンと格闘していた。すると、ギュンターが無造作に乱れた上着の襟を正した。

「どうせ、着替えるのだからこのままでいい。おまえも支度があるだろう。タイラー、タバサに知らせて、急ぎ、ツェツィのドレスの支度をさせるように」

主の言葉がよほど想定外だったのだろう。ツェツィ自身、驚いてギュンターの顔をうかがってしまったから、タイラーの気持ちはよくわかる。

「わ、わたくしも一緒に王宮の戦勝パーティに参加するということでしょうか？」

「私の妻がおまえのほかにいると思うのか？　よほどの理由がないかぎり、王宮のパーティには妻帯者は妻同伴で参加するものだ」

「それはまぁ……そうですけど……――わかりました」

ギュンター同伴のパーティなら、主の面目のために、女官長がツェツィに変なドレスを着せる可能性は低いだろう。

「戦勝パーティということは旦那さまの色を纏ったドレスが一番いいでしょうか……」

まだ屋敷にやってきてまもないツェツィに新しいドレスがあるわけがない。

ギュンターを推すソサエティの秘密のパーティで着ていたドレスを王宮のパーティで着ても大丈夫だろうか。母親のドレスをお直ししたものだから古い型のドレスだったが、そのときは仮装パーティだったからだろう。そんなに浮いていなかった。

しかし、王宮のパーティとなると微妙だ。

（古い型のドレスじゃ、ギュンターに迷惑をかけてしまうかもしれないし、どうしよう）

そんなことを考えて沈黙した自分の行動は、ギュンターからしたら嫌がっているように見えたのだろう。

「別に無理なら強要はしないが……」

そう言われて、反射的に声が出た。

「い、いえ！　行きたくないのではなくて……その……大変申しあげにくいのですが……王宮に着ていくドレスがないのです……」

こんなことを打ち明けたら、元公爵令嬢のくせに新しいドレスを欲しがる金遣いの荒い女だと思われるかもしれない。

配偶者として一緒にパーティには行きたい。しかし、いまのままだと確実にギュンターに恥をかかせてしまう。

二律背反に苛まれて、ツェツィは真っ赤な顔で俯いてしまった。

沈黙が重い。ギュンターがどんな顔をしているのか、見るのが怖い。しかし、最初に呟かれた言葉はツェツィの想像とは違っていた。

「そうか……ドレス。確かに王宮に行くにはドレスが必要なのだな……母が亡くなってもう長いから、そんなことには思い至らなかった。すまない」

「え？」

ぱっと弾かれたように顔を上げると、ギュンターは真剣に悩んでいた。しばらく顎に手を当てて眉間に皺を寄せていたかと思うと、

「ドレスというものは仕立てるのに時間がかかると母上は言っていたと思うが……どうしたら

いいだろうか、タイラー」

家令に向かってドレスの相談をはじめた。

「え、え……あ、あの。本当に買っていただけるのですか？　でしたら、既製のドレスが買える店がありますので、ぜひそこで買わせてください」

いますぐ女官長を呼んで、ドレスの購入を命じそうなギュンターと家令の間に、ツェツィはあわてて割ってはいったのだった。

第三章　冷えきった実家と旦那さまとの距離の近さと

まだ明るいうちからはじまった戦勝パーティは、国中の貴族を集めたのかと思うほど、盛大な式典だった。

ウォーデン聖王国の王宮には王国旗や王旗だけでなく、国が誇る軍団の旗があちこちに掲げられ、エントランスから大広間まで、たいそう華やかな装いで飾りたてられている。

街中でもエール——麦酒が振る舞われているとのことで、国を挙げて今回の戦勝を内外に示すとともに、戦争の重苦しさを払拭したいという思惑があるのだろう。

その国王の施策はうまくいっているようで、集まっている貴族たちはいつになく明るい表情で噂話に興じていた。

「見て、クレヴィング枢機卿猊下がいらしてるわ。隣に並んでいらっしゃるのは……もしかして奥さま？」

「しぃ……アンハルト公爵令嬢と結婚したばかりなのよ。でも結婚式のときは、アンハルト公爵令嬢のエスコートもろくにせず見向きもしないって感じだったのに……さすがに王宮の招待には一緒に参加されるみたいね」

貴族の夫人たちはツェツィが白地のドレスの上にギュンターの色の肩掛けをかけているのを見て、興味津々にその挙動を見つめている。

本来のツェツィなら、ただ衆目を集めているというだけで倒れてしまいそうなほど周囲からの視線を浴びていたが、今日のツェツィは満たされた気持ちのほうが強かった。

「ふふふふふ……」

——見られている。このエメラルドグリーンの肩掛けを！

ギュンターにエスコートされて大広間に入場するときこそは緊張していたが、扇で口元を隠した瞬間、ツェツィの口元はもう笑みが零れっぱなしだった。

推しの色を纏っての王宮のパーティー——それは特定のソサエティに属している令嬢たちすべての憧れと言えよう。

前世ではギュンターが推しだったこともあり、ゲームのグッズはもちろんエメラルドグリーンのスカートを着てライブに行っていた。

秘密のソサエティでは推しの色を纏う集いがあり、みんなでエメラルドグリーンの肩掛けをつけて、枢機卿の配偶者の真似をしていたが、ここは王宮の舞踏会だ。

公式の場では枢機卿の肩掛けと同じ色を身につけられるのは枢機卿の配偶者となった夫人だけの特権だった。

ギュンターの肩掛けと同じエメラルドグリーンを身につけている女性は当然、ツェツィだけ。

（推しの色を揃えているプレタポルテのドレス店をチェックしておいてよかった……）

プレタポルテとは高級既製服を扱う店のことを言う。

王都のプレタポルテでは、若い貴族令嬢が推し枢機卿の色を纏うソサエティがあるというトレンドを踏まえて、枢機卿ごとの色の既製服を用意している。

ツェツィとしての記憶しかないころにも何度か店に通い、小物を買ったことはあるがドレスを買ったのは初めてだ。

白地を基調にしながらも、美しい碧色――エメラルドグリーンの切り返しが膨らんだ袖や上衣に意匠されているドレスを選んだ。ところどころに碧を引き立てるための臙脂の差し色が入っていて、それがまたツェツィのローズピンクの髪とよく似合っていた。

（推しと推しの色を纏ってのパーティ！　これで浮かれないなんて無理でしょう！）

きりりと真面目な顔を保とうとしても、つい口元がゆるんでしまう。

このパーティのホストである国王に挨拶し、教皇からも労いの言葉をかけられると、公的なお役目は終わりだ。

戦争の功労者を労いつづける国王も大変なのだななんて思いつつも、ツェツィの興味は一段高いところに座した国王から大広間のダンスホールへと移っていった。

片隅に試し弾きをはじめた弦楽団を見つけ、わぁ、と弾んだ声をあげる。

「ダンスも行われるのですね」

（ああ、推しの色の肩掛けをして推しとダンスを踊れたら……どんなにいいだろう）

社交界に出てくることすら久しぶりのツェツィにしてみれば、大勢のなかで人酔いしそうな心地と、ギュンターと一緒にいる高揚感とが交互にやってきて、眩暈がしそうだった。

それでも、やはりうれしさが先立つ。

前世の記憶が戻る前から推していたギュンターと一緒にいる。緊張する挨拶が終わった気のゆるみも手伝い、期待をこめた笑顔でギュンターを振り返ったときだ。

その瞬間、推しの肩の向こうにいたのは、今日一番見たくない顔だった。

さっとツェツィの血の気が引く。

にやにやと野卑（やひ）た笑みを浮かべた父親が近づいてきていた。

ツェツィの様子を見て、結婚生活はうまくいっていると思ったのだろう。自分の思惑どおりにことが運んだとよろこんでいるのはその顔を見ただけでわかった。

「久しぶりだな、ツェツィーリア。どうやら結婚生活は上々のようでなによりだ」

父親はギュンターに挨拶するよりも先にツェツィに近づくと、ぐっと華奢な腕を掴んで顔を寄せた。

「その調子でギュンターの弱みを見つけろ。このまま、あいつに教皇にでもなられたら我が家はお仕舞いだ。しっかりやるんだぞ」

ギュンターに聞かれないように低い声で囁かれる。次の瞬間、表情も声音も変え、まるで悲劇の主人公を哀れむかのように小芝居をされる。

「ああ……ツェツィーリア。体の弱いおまえがギュンター枢機卿とパーティに出ている姿を見られるなんて……私も父親としてうれしいよ」

わざとらしい台詞のあとで、アンハルト公爵は自慢の髭を撫でつけながらギュンターに向き直った。

「クレヴィング枢機卿猊下、娘のことをよろしく頼みますよ」

まるで本当に、愛娘を嫁がせて心配している父親らしいことを言う。

「いまさら家族ごっこをしようだなんて……利用するだけ利用して追いだしておいて都合がいい話じゃない？」

きっと父親を睨みつけながらも、ツェツィの体はぶるぶると震えていた。

前世の記憶がよみがえったおかげで抗う気力が残っているものの、長年虐げられてきた記憶が骨の髄まで染みついている。

　その恐怖を見透かされているのだろう。父親はなお居丈高な態度でツェツィの肩を強く掴み、声だけは猫なで声を出した。

「おやおや、ツェツィーリア。結婚したばかりで気が立っているのか。それとも、クレヴィング枢機卿猊下になにか嫌がらせでもされているのか？　猊下、過去の私たちの確執のことは水に流して娘にはやさしくしてやってください。母親を早くに亡くした、幸が薄い娘なんです」

　わかっているだろうなと言わんばかりに指先が強く肩に食いこんでくるが、その痛みは逆にツェツィの心を奮い立たせてくれた。

「わたしの幸が薄いのはお母さまがいないせいではありません。当のお父さまが、お母さまが生きておられたときから浮気をしていて、しかも、お母さまが亡くなった途端、その浮気相手をアンハルト公爵家に入れ、女主人の座に据えたせいです。さらには、義母と異母妹と一緒になって、わたしを使用人より酷い扱いをしたせい……猊下とはなんの関係もないでしょう！」

　睨み返しながら、きっぱりと言ってのけると、父親はツェツィがそんな反抗的な態度をとるとは思わなかったらしい。

　かぁっと怒りに火がつき、ここが王宮だということを忘れてしまったようだった。

「おまえ、父親に対してその口の利き方はなんだ！　躾をし直してやる……ッ」

父親が手を振りあげたところで、ギュンターがすばやくその手首を掴んだ。

「私の妻に手を挙げるのはやめていただこうか」

ギュンターは父親の手を掴んだまま、ツェツィと父親の間に強引に体を割りこませる。

体格のいいギュンターの背中に守られている――そうわかっただけでツェツィの胸は言葉にしがたいほどときめいた。

（もう……わたしの推し、とうとすぎる……！）

塩対応の態度でもときめいていたのだから、こんな思わぬやさしさを見せつけられて、落ちないわけがない。

心のなかでは『ギュンターとうとい』という団扇を振りたいくらいの衝動に駆られていた。

ライブと同じように団扇を作って、ギュンター推しをアピールしたい。

推し活の団扇はファンサー――ファンサービスとしての目線や投げキッスをくださいと強請ると同時にファンからの想いを伝える小物でもあった。

しかし、ツェツィが推しに萌えているなんて気づく由もない父親は、またひどく気持ち悪いにやにや顔を浮かべた。

「妻……枢機卿の妻か……それならば、ツェツィーリア。枢機卿の妻として、おまえのかわいい妹と美しいお母さまにも猊下を紹介してさしあげなさい」

すぐそばで話をしていた義母と異母妹を呼びよせた父親は、言葉遣いだけは丁寧にツェツィに強要する。

「まぁ、ツェツィーリア。パーティに参加するなんて珍しいじゃないの。私に挨拶しないままパーティを楽しむつもりだったの。おまえごときが……あら？　ねぇ、この方、どなた？」

異母妹であるグレイスの着飾った姿を見ただけで、ツェツィはまた胃がむかっと逆流しそうに焼けつくのを感じた。

グレイスはそのグレイス（慈愛）という名前とは正反対の自己愛が強い性格だった。

（確かグレイスはライデン枢機卿を推していたはず……）

彼女はライデン枢機卿の肩掛けと同じ色の臙脂のドレスを纏い、このパーティでもその支持を隠すどころか、ひけらかすつもりのようだ。

公爵令嬢という優位な立場を利用して、ソサエティで派手に立ち回っているという話は大して社交活動をしていないツェツィの耳にまで届いている。

ライデン枢機卿は自分を支持してくれる貴族の令嬢へのファンサを公に行う枢機卿として有名で、彼の周囲はいつも臙脂のドレスを着た令嬢たちで華やかだった。

そんな異母妹の視線がギュンターに釘付けになっていることに気づいて、ツェツィは嫌な予感がした。

「こちらは、わたしの旦那さまのギュンター・バルドゥル・フォン・クレヴィング枢機卿猊下です。身分にふさわしいご挨拶をなさってくださいい、アンハルト公爵令嬢」

公爵令嬢といえども、聖教会の枢機卿に対してはへりくだり、目上に対するお辞儀をしなくてはならない。

——公爵令嬢という身分の高い貴族であるからこそ、聖教会の聖者には敬意を払わなくてはいけません。すべての貴族たちの手本にならなくてはいけないのよ。

そんなふうにツェツィは自分の母親から教わっていた。

七人しかいない枢機卿は、特定の国の貴族の身分に囚われず、聖教会の威光を体現する。

つまり、ウォーデン聖王国の公爵位を持つアンハルト公爵は、国の身分体系ではクレヴィング伯爵家より高い地位にあるが、ギュンターが聖教会の枢機卿となったからには敬意を払わなくてはいけない。

それがアンハルト公爵——ツェツィの父親にしてみれば癪に障るらしく、どうにか彼を枢機卿の座から引きずり落としたいと思うようになったきっかけだった。

ツェツィにしてみれば、あまりにも幼稚な理由だと思うが、権力者とは往々にして幼稚なところがあるものなのだろう。

その結果として、アンハルト公爵は自分の持てる力を駆使してギュンターを陥れようと企んていた。暗殺まで依頼していたくらいだから、ほかの人の任務をギュンターに押しつけるなんて朝飯前に違いない。

ただでさえ教皇を王都の守りとして残しておきたい王家の思惑から、国境付近の魔素溜まりを浄化する任務はギュンターに回ってくることが多かった。

その上、ギュンターは権力者におもねる性格ではないから、お世辞にも貴族社会に馴染んでいるとは言えない。

ギュンターを妬んでいる貴族勢力をうまく集めたアンハルト公爵は国王に働きかけ、国王からクレヴィング伯爵へと圧力がかかり、ツェツィとの結婚を押しつけられた。

（お父さまのことだもの……周到に準備して、この結婚にこぎつけたはず……）

父親からはギュンターのやることを監視し、逐一報告するように言われていたが、ツェツィは単身でクレヴィング伯爵家にやってきたから、報告する手段がない。

こんなパーティの場で会ったとしても、密偵なんてするつもりはないと態度で示したつもりだった。

父と義母の前で、現在のツェツィの立場をわからせたつもりだったのに、教養のないグレイスにはなんの効果もなかったようだ。

「クレヴィング枢機卿って年配の方じゃなかったの？　やだ、素敵！」

そんなことをグレイスが言いだした瞬間、さらなる嫌な予感が襲ってくる。

「グレイス、クレヴィング枢機卿猊下は白髪ではなくて銀髪なのだよって何度も言ったではないか」

「そうよ、グレイス。あなたにはもっとふさわしい人がいるでしょう？」

両親揃っての諭すような説得もグレイスの心を変えられないようだ。

（気持ちはわかる……だって推しとの遭遇は事故のようなもの……落ちるのは一瞬で、その感情は自分でも簡単にコントロールできないから）

そこだけは理解できると思いつつも、異母妹の我儘さはツェツィの想像を超えていた。

「お父さま、どうしてきちんと伝えてくださらなかったの⁉　こんな素敵な方だと知っていたら私だって縁談を断らなかったのに！……申し訳ありません、クレヴィング枢機卿。私が縁談を断ったばかりに姉が嫁ぐことになって……がっかりなさったでしょう？　姉は屋敷に引きこもってばかりいて陰気な人ですから。クレヴィング伯爵家のお屋敷が憂鬱に沈むところが目に浮かぶようですわ」

目の前にいるツェツィを蔑む言葉を吐きながら、グレイスは優越感に満ちた笑みを浮かべた。

「冗談じゃないわ。わたしが屋敷に引きこもっていたのは、お父さまとお義母さま、それにあなたがわたしを社交界から遠ざけたからで、わたしの性格が陰気なのは、あなたたちにいじめられたせいでしょうが！」

震えながらも、ツェツィはグレイスに対して言い返した。

前世の記憶をとりもどしていても、ギュンターという盾がいなかったらこんな言葉を吐く日は来なかっただろう。

「なんだと、ツェツィ。クレヴィング伯爵家に嫁いで、ずいぶんと偉くなったじゃないか」

父親の怒りを感じながらも、ツェツィは毅然（きぜん）と顔を上げていた。

応援するようにギュンターがツェツィの腰に手を回して、支えてくれる。

しかし、異母妹は父とツェツィとの間に火花が散るような、そんな空気をまったく読めなかったようだ。

「そうだわ。やっぱりいまからでも私がクレヴィング枢機卿に嫁いだらどうかしら？　だって誰が見ても、私のほうが猊下の隣に並ぶのにふさわしいと思うでしょう……ねぇ、お父さま」

どきりとした。グレイスが甘えた声を出して、父親にお強請（ねだ）りするたびにツェツィは色々なものを奪われてきた。

アンハルト公爵家ではグレイスと義母が法律で、どんなに理不尽なことを言われても、ツェツィには逆らうことが許されなかった。公爵家の都合でさせられた結婚なのだから、その権力でもって、簡単にツェツィとグレイスの入れ替えくらいできるだろう。

（嫌だ……グレイスになんか、わたしのギュンターを渡したくない……）

父親の口元がゆるみ、「そうだな……」と、いつものように考える素振りをしながらグレイスのお強請りにうなずこうとしたそのとき、

「思わない」

その場が凍りつくくらい冷たいギュンターの声が響いた。

「結婚したからには、ツェツィーリアはすでにクレヴィング伯爵家の人間になった。おまえたちの我が儘にクレヴィング伯爵家がつきあう筋合いはない。それに、枢機卿の妻の肩や手を無理やり掴み、手を上げたところは私がしっかりと見ている。これはアンハルト公爵といえども聖教会侮辱罪に問われかねないが、わかっていて手を上げたのだろう?」

「う……それは……」

アンハルト公爵家では王様のように振る舞っていた父親も、ギュンターの正論には敵わないようだ。苦々しい顔になりながらも反論できないでいる。

「これからは妻に対して、安易にアンハルト公爵家の都合を持ちださないでいただきたい。行こう、ツェツィ」

家族の目の前で愛称を呼ばれて、とくんと胸が甘く跳ねる。

母親がいなくなってから、ツェツィのことを愛称で呼んでくれる人はいなくなった。父親は

義母に骨抜きにされていたし、義母と異母妹はツェツィを虐げるだけの存在だった。

(なのにいま、推しから『ツェツィ』と呼ばれてこんなにうれしいなんて……ざまあみろですわ!)

これがいわゆる『ざまぁ』というやつだと前世の記憶を思いだして、心のなかで呟いてみる。胸が空(す)く思いだった。

「では、アンハルト公爵家のみなさま、ごきげんよう。素敵なパーティをお過ごしください」

ツェツィはギュンターから差しだされたエスコートの腕に掴まりながら、精一杯気どった挨拶をした。

ギュンターにエスコートされるままに人波に紛れ、父親たちから十分離れたところで、バルコニーから中庭へと降りていく。

笑いさざめく人々の気配が遠ざかり、植えこみの角をくるりと曲がったところで、はしばみ色の瞳から大粒の雫(しずく)がぽろりと零れた。

仮にも家族だったはずの相手から、ただ利用価値があったから生かしてやったのだといわんばかりの扱いを受けて、やり返してすっきりする気持ちがあると同時に胃の腑に鉛を落とされたような苦痛を覚えていた。

父親に口答えし、グレイスをやりこめたあとに、にこやかにほかの人と挨拶を交わせるほどの強さがあれば、ツェツィはグレイスや義母にもっと前から立ち向かえたのだろう。

でも、虚勢を張っていてもなお、ツェツィの心は傷ついていた。

ギュンターの手を振りきり、植えこみでできた迷路の奥へと足早に駆けていく。

前世のゲームでは庭園の迷路なんてスチルの一枚にすぎなかったのに、ツェツィは庭園の隅々まで道がわかっていた。

これはゲームのなかの記憶ではなく、現国王の従兄妹(いとこ)である母親に連れられて何度も遊びに来ていたときのツェツィとしての記憶だった。

ひとりで逃げてきて植えこみの片隅にしゃがみこんだと思ったのに、

「……ツェツィ、私の振る舞いは君を傷つけただろうか」

頭上からギュンターの声がして、びくりと身が強張る。

ツェツィは俯いたまま首を振った。わずかにとまどう推しの声には、ツェツィに対する気遣いがこめられていて、なおさら涙が止まらなくなった。

「いいえ……いいえ、猊下のせいじゃないんです」

さっきまで強気で父親やグレイスに立ち向かっていた自分はどこに行ったのだろう。

急に弱虫のツェツィがよみがえり、やはり父親にとって自分は家族ではないのだと、母を失ってから、もうこの世にツェツィの家族と呼べる存在はいないのだと膝を抱えて泣く子どもに戻ってしまった。

母親を失ったばかりのころ、一緒に歩いた面影を探すようにして、よくこの迷路庭園に来ては片隅で泣いていた。

「お母さま……うう……」

もしアンハルト公爵家の正当な血統である母親が生きていたら、父親だってツェツィをここまで軽々しく扱うことはできなかっただろう。

ツェツィの母親は現国王の従兄妹であり、ツェツィの祖父はかつての王弟という由緒正しい血筋を引いている。

公爵家の一人娘だった母親だが、ウォーデン聖王国の爵位は男性が継ぐ規則になっていたため、親戚筋から婿をとり公爵に据えた。

（公爵家の正当な血統を継いでいたのはお父さまではなく、お母さまのほう……）

その正当な血筋はツェツィこそが引き継いでいる。

なのに父親――アンハルト公爵は、ツェツィの母親が亡くなったあと、母親の生前から関係があったという女性にアンハルト公爵家の女主人の座を明けわたしてしまった。

しかも、父親は義母だけでなく、ツェツィとひとつしか年が違わない異母妹グレイスの言いなりで、

「お父さま、私の部屋は日当たりが悪いわ。お姉さまの部屋が欲しいの」

などというグレイスの我が儘だけでツェツィを屋根裏部屋に追いやってしまった。

屋根裏部屋というのは、半地下の使用人部屋の次に劣悪な環境で、冬は寒く、夏は暑い。

『お母さまの公爵家』を奪われてしまったという屈辱を骨の髄まで思い知らされ、ツェツィは己の無力さに打ちひしがれた。

使用人たちすら義母とグレイスの言いなりで、屋根裏部屋暮らしで弱っていたツェツィへの態度を変え、起きあがって階下まで自力で出かけなければ食事すら出してもらえなかった。

それでもアンハルト公爵家に残っていたのは、自分が母親の正当な後継者だという矜持のためだ。ツェツィがクレヴィング伯爵家へ嫁がされたと同時に、アンハルト公爵家の正当な血筋も途絶えた。

ギュンターを推しているから素直にこの結婚がうれしいという気持ちの裏に、アンハルト公爵令嬢として守ってきたささやかな矜持が傷ついてもいた。

ぎゅっと拳を握りしめたツェツィは、自分をいじめては哄笑（こうしょう）する義母と異母妹の顔を思いだし、次になにもしてくれないまま、アンハルト公爵家を義母たちに好き勝手にさせる父親の情のない顔を思い浮かべた。

しあわせそうな母親の笑顔を思いだすと、あの笑顔を浮かべていたときでさえ父親は裏切っていたのだと考えてしまい、やるせない。

やり場のない怒りと母親への申し訳なさで心が真っ黒に塗りつぶされてしまう。

そっとツェツィの頭を覆うようにふわりとギュンターのフレグランスが香った。一拍置いて泣いているツェツィに上着をかぶせてくれたのだと気づく。

しゃがみこむツェツィの脇に肩掛けだけを首にかけたギュンターが膝をつき、上着の上から肩を抱かれる。すると、布を隔てて抱かれているはずなのに、先日、体の関係を持ったときよりも近くで触れられているような錯覚に陥った。

「大丈夫だ……泣きたいだけ泣いていい」

そんな言葉をかけられたら、心を落ち着かせたいはずなのに、感情がさらに乱れてしまう。

「おまえは『アンハルト公爵令嬢』なのだろう?」

ツェツィが以前にした反論を覚えていてくれたらしい。

――『わたしはツェツィーリア・イリス・フォン・アンハルトです。いまはもう、クレヴィング伯爵家に嫁いできた身ですが……アンハルト公爵令嬢だったことに変わりありません』

そのとおりだ。ツェツィにとって、母親から引き継いだ血筋は唯一の矜持でもあった。

「しかし、おまえの言葉とあの公爵たちの言動は正反対に見える……少なくとも家族には見えなかった。私はあまり社交界に詳しくないし、ほかの者から嘘を聞かされて信じたくないから、おまえに直接聞く。おまえとアンハルト公爵はれっきとした家族なのか？」

「父とは血が繋がっております……が、家族かと聞かれれば困るくらいの虚しい関係です。父はわたしのことを政略結婚の都合のいい手駒ぐらいにしか思っていないでしょうから。そして、一緒にいた女性ともうひとりのアンハルト公爵家のいいいアンハルト公爵令嬢はわたしにとっては家族ではありません」

ツェツィは自分の母親がアンハルト公爵家の血筋であったこと、そして、母親が公爵家の一人娘であったがゆえに親戚筋の父親が入り婿に来たことを語り、自分の母親が亡くなったと同時にいまの義母が公爵家にやってきて、突然、妹ができたことを語った。

男遊びが激しいと噂されていた『アンハルト公爵令嬢』はツェツィではなく、異母妹のグレイスのことだと言うことも――。

「ああ、そういうことだったんだ……とすべてが腑に落ちました。母が生きていたころから、父はよく家を留守にしてましたから」

ふふっと自嘲めいた笑いが零れる。

「おかしいでしょう？　ウォーデン聖王国のアンハルト公爵家といえば、国王の親戚筋でこの国でもっとも栄華を極めている家門だと社交界では思われているでしょうけど、実態はすでに血筋は途絶え、内情だって義母と異母妹の贅沢三昧（ぜいたくざんまい）で火の車だなんて」

無理やり経理をやらされ、帳簿を見たときは目を疑った。

国で一番豊かだと言われていたアンハルト公爵家の領地は父親の資産運営の失敗で借金の抵当に入っており、いつ手放さなければいけないかといった酷い有様だったのだ。

（だからこそ余計に、枢機卿の座を欲しがっているのでしょうね）

聖教会の権力を手に入れれば、国内だけでなく、他国の貴族にも影響力を持てる。

いまだに対面で人と会うことが様々な情報源となり、国の決定を左右するこの世界では、他国の貴族と繋がりがあるだけで有利に商売ができた。

枢機卿の人数は七人。

聖教会は基本的に多数決で物事を決める。

魔素汚染が起きたときに、まずどこの結界から浄化し、汚染溜まりを浄化するために聖者を派遣するかはおもに枢機卿が決めている。

教皇は枢機卿の決定を覆せる力を持つが、年老いてからは国の外に出ることは滅多になく、枢機卿の決定を否定することも少ない。

だからこそ、アンハルト公爵は自分たちの派閥の枢機卿を四人以上に増やしたいのだ。

生臭い権力争いのことを考えると、自分がいかに非力かを思い知らされ、結局は父親の操り人形として、ギュンターのもとへと嫁がされてしまった。

「猊下は……わたしなんかにやさしくしていいのですか？」

くなる。

（敵対する派閥との政略結婚なのに……）

こんなふうにやさしくされると、すべてをなげうってギュンターの胸に飛びこんでしまいた

ずっと屋敷に引きこもっていたツェツィは他人との距離感に慣れていないから、なおさらだ。

推しから与えられる少しのやさしさが何十倍にも大きく感じられる。

（推しにはお触り厳禁がわたしのルールだけど……ギュンターから触れられるのを拒めない）

自分の思考とは裏腹に、ギュンターの肩掛けの端をぎゅっと握りしめてしまったのは、『行かないで』というささやかな合図だった。

「その『わたしなんか』とはどういう意味だ？　おまえがアンハルト公爵令嬢だった事実は変わりない。だが、私と結婚した時点で実家との縁は切れたはずだ。おまえに私を陥れる二心（ふたごころ）がないのなら堂々としていればいい。そうではなく、おまえ自身に価値がないと言っているなら……それは違う」

ぽんぽんと不器用な手つきで頭を叩かれ、胸が熱くなる。

「あの娘ではなく、おまえがクレヴィング伯爵家に来てくれてよかった」

ギュンターの台詞がうれしい。

（嫁いできたら……もうわたしはここでしあわせになってもいいの？　アンハルト公爵令嬢で

あった事実は変わりない――お母さまの娘のまま、ギュンターとしあわせになってもいいの？　お母さま……）

またしてもぽろぽろと涙を零すツェツィの頭を抱えるようにしてギュンターの腕が回り、抱きしめてくれる。

初夜のときにただ体を重ねあったときとは違う。

母親が亡くなって以来、久しぶりに人の手に抱きしめられるあたたかさを感じた。じんわりと頑なだった心に染みわたる。

推しだから好きなのとは違う。生々しい存在感に心を揺さぶられていた。

ひとしきり泣き、抱きしめられているうちに気持ちが落ち着いてくる。

ツェツィはふと我に返り、自分が恥ずかしい事態に陥っているのを自覚した。

「その……猊下、申し訳ありません。確かにグレイスの言うとおり、わたしは引きこもりで陰気な人間なんです」

「家族から虐げられていたら誰でもそうなるだろう……もちろん、君の言葉をすべて信じたわけではない。いまのやりとりが私から信頼を得るために仕込んできた芝居である可能性も疑っている」

そんなことを言いながらもツェツィの顔をのぞきこむギュンターの目つきはやさしい。

だからこそ、厳しい言葉は、怒りでもいいからツェツィから強い感情を引きだして、奮い立たせようとしているようにしか聞こえなかった。

骨張った指先が頬に触れ、ぎこちなく涙を拭ってくれる仕種さえ、疑いながらしているとは思えないほど甘やかだ。

間近で見る推しの微笑みがきらきらと輝いて見えて、かぁっと頬が熱く火照る。

（うう、これ以上見ているのは無理……ギュンターの顔がよすぎて目が潰れそう……）

「わかっています。タバサ……いえ、クレヴィング伯爵家の使用人たちもわたしを密偵かもしれないと疑っているからこそ、隙があればわたしを伯爵家の中枢から遠ざけようとしているのでしょう。それは健全な疑いだと思っています」

「健全な疑いか……面白いことを言うな」

ふ、と堪えきれずに笑いを零すギュンターの顔はまたきらきらと輝いていた。

「すでに持っているものが当然するべき警戒を怠ったからこそ犯罪に走るものがいるのは事実です。――『貧しい者の前にこれ見よがしに金貨を置いてはならない』……我が国にはそういう諺（ことわざ）がありましたよね」

貴族が平民を虐げるときに使う手を戒めるため、何代か前の教皇が出した触れ書きはいままでは広く知られている。

前世では、仕事で経理担当をしていたからわかる。

経理担当者は定期的に支社を移ったり別の部署に異動になったりしていたが、そうやってひとりだけに作業が集中しないようになっていたのは、お金に携わる仕事で横領などの変な気を起こさせないためのシステムだった。

「だから、クレヴィング伯爵家の使用人たちに認めてもらうためには、ただ猊下と体の関係を持ったというだけではなく、わたし自身が認められる必要があるんです」

（まずは死なないことが一番大事だったから体の関係を迫ったけど……やっぱり推しは推しだった。やさしさのなかにちょっとした塩対応や意地悪要素が混じっているのがたまらなくわたしの心に刺さります……）

銀色の髪が高い頬骨にさらりと零れた、その絵面が素敵すぎて永遠に保存しておきたい。

穏やかな微笑みはまだ青年期のギュンターでも十分なほど大人の色香が漂っていて、これからよく知る枯れた顔立ちまでずっと見ていられると思うと、胸がいっぱいになる。

（はっ、いけない……ギュンターがやさしいからって甘えすぎ）

我に返ったツェツィは、メイクが崩れないようにハンカチを目元にそっと押しあてた。

「ありがとうございました、猊下……もう大丈夫です。パーティの会場に戻りましょうか。大広間でわたしと一曲踊っていただけませんか？」

ツェツィが手袋をした手を差しだすと、ギュンターは手の甲に恭しく口づけを落とした。

「我が妻の仰せとあればよろこんで」

先に立ちあがったギュンターに手を引かれ、ツェツィは差しだされた腕に抱きついた。

さっきまで、この迷路庭園に永遠に囚われたまま抜けだせない心地でいたのが嘘のようだ。

ギュンターの先導で歩けば、植えこみでできた迷路は出口まですぐだった。

ずいぶん奥まったところまで駆けてきたと思ったのは自分の思いこみにすぎなかったのだろうか。それとも、小さな子どものころから知っていた隠れ場所というのは、大人になってみれば、迷路の手前のほうにすぎなかったのだろうか。

「お母さま、わたしは……」

――この迷路と同じように抜けだしてみれば大したことがなかったと……三年後も笑っていられるでしょうか？

ツェツィが家族と言い争ったり、泣いたりしているうちに日が暮れてきたらしい。

黄昏(たそがれ)色が近づく空に、篝火(かがりび)を焚いた王宮が美しく浮かびあがっていた。

庭園から階段を上り、大広間に戻っていくと、無数に飾られたシャンデリアのクリスタルが蠟燭の炎をきらきらと弾いて、その明かりの眩しさに一瞬、眩暈がした。

「あら、クレヴィング枢機卿猊下だわ……ダンスがはじまる時間にいるなんて珍しい」

「アンハルト公爵令嬢と結婚したから？　さっきはなにか揉めていたようだったけれど……一緒に踊るのかしら」

身なりを正したギュンターの一挙手一投足に興味津々の視線が注がれる。

彼が注目されているということは、必然的にツェツィの振る舞いも監視するように見られているわけで、突き刺さる視線の刃に体は強張っていた。

久しぶりのダンスは踊れるだろうかと、緊張で心臓の鼓動がやけに耳の近くで聞こえる。

「ツェツィ、なにも考えなくていい。ただ……聖祠堂で無理やり私に口づけたときのように、私だけを見ていてくれ」

「猊下……だけを……」

緊張しすぎたせいだろう。言われたことだけを守ればいいという指示で顔を上げると、本当にギュンターの整った相貌しか見えなくなった。

手を組んでダンスをはじめるときの形になると、手の先から動きの指示が伝わり、ゆったりと足が動く。

子どものころ、ステップを母親から教えてもらったことはある。

しかし、母親が亡くなってからはほとんど独学だった。

異母妹のグレイスが教わっているところをこっそりとのぞいて自分でやってみたこともある

が、なるほど、百聞は一見にしかずとはこういうことだろう。

ギュンターのリードで体を動かされるうちに、なんとかダンスを踊っている体裁が保てた。

「その、猊下……というのはなんだか妙だな。普通に……ギュンターと呼んでくれればいい」

「え、ギュンターって……な、名前呼びですか？」

思わず変な声をあげてしまい、近くにいた夫婦からうろんな目を向けられた。

恥ずかしさに思わず俯くと、ギュンターの迷いのない声が耳に届く。

「ツェツィ……堂々としていればいいと言ったではないか。おまえは私の妻なのだから……周りにも認めさせるように頑張るのだろう？」

「それはもちろん……その、できる範囲で頑張ります」

――生き残るために。わたしとギュンターの未来を見るために……。

顔を上げると、灰褐色の瞳がやさしくツェツィを見つめていた。

ゲームのキャラクターとしてさんざん呼び捨てにしておいてなんだが、旦那さまとして名前を呼び捨てにするのはなにかが違う。

「えっとその、ギュンターさま……」

ツェツィが消えいりそうな声で呼ぶと、くすりと笑いを零された。

ダンスをしながらギュンターの唇がツェツィの耳飾りをした耳元に寄せられ、

「妻から名前を呼ばれるのに『さま』付けか？　我が妻はどれだけ私を焦らすつもりなんだ」

からかい交じりの声音はツェツィを試しているようでもあり、どこか恋の駆け引きをするような甘さもあった。

ついでのようにギュンターの唇がツェツィの耳殻に触れる。

くすぐったい感触にぱっと耳まで熱くなった。

「ひゃっ……ギュンターさま……いえ、ギュンター……い、いまのはずるいです！」

「聖祠堂ではおまえのほうからキスを迫ってきたではないか」

「うっ、あれはその……ほかの人がいない場所でしたし、猊下のお体が心配でしたし……」

しどろもどろになりながらツェツィが言い訳していると、またギュンターが耳元で低い声を囁く。

「ほら、また『猊下』に戻ってるぞ」

意地悪な物言いをする推しなんて反則じゃないでしょうか。

意地悪に抵抗したいのか、そんな意地悪なところもいいと思う自分を認めるのか、迷ってしまう。

自分でも自分の感情が乱高下しすぎてよくわからない。

（いや、待って。名前呼びする機会はライブでもあったはず……）

ゲームのなかでしか存在しないキャラクターを3D技術で舞台に再現し、なかの人が歌うライブをホロライブなどと言う。

推しが出てくるときに名前を呼びましょうという司会者にうながされ、みんなでコールしたことがあった。

(そう、これはコール……コールの声量でほかの推し担当に負けたら、わたしの大切な推しに恥をかかせてしまうと思って精一杯叫んだ……あのときの気持ちを思いだすのよ、ツェツィ)

——せーの……。

「ギュンター!」

思いがけず大きな声が出てしまい、すぐそばのご夫婦らしいカップルからじろりと睨まれてしまった。

恥ずかしい。でも、ギュンターの反応が気になる。

勇気を出して顔を上げてみると、彼はふわりとやわらかな微笑を浮かべていた。

「ああ私だ、ツェツィ。やればできるじゃないか我が妻は」

ご褒美だと言わんばかりに頬から耳へと撫でられて、またゆでだこのように顔が火照った。

(うれしい……このファンサはうれしいけど、萌え死にそう……)

貴族たちのダンスというのは顔と顔が触れあうほど近い。こんな間近で推しの体温を感じながら名前を呼ぶという行為は、推し活と言うには刺激的すぎた。

（ギュンターのこの完璧な美貌がわたしだけに向かって微笑んでくれて、しかも指が……長くて骨張った指がわたしの頬に触れるなんて世界が終わってもありえないと思っていたんですがこんなこと現実にあるんですね。あるんですね……やばい。いまだに信じられないけど勇気を出してよかった！　ダンスシーンも誰かに映像を撮ってほしい）

心のなかは完全に前世の推し活モードになり、ギュンターにオペラグラスの焦点を合わせて顔の表情の機微に一喜一憂する気分に浸っていた。

この表情もいい、微細に違う困った顔も麗しいなどと、周囲に気を払う余裕がなかったのがいけなかったのだろう。

いつのまにか異母妹が近づいていたことにツェツィはまったく気づいていなかった。

ダンスの曲が一区切りついた途端、

「ギュンターさまぁ」

などと甘えた声で名前を呼んで近づいてきたグレイスは、ありえないことに、ダンス終わりの挨拶を終えたばかりのギュンターの腕に抱きついたのだ。

枢機卿を相手に無礼にもほどがある。ぎょっとしたツェツィが固まっていると、グレイスはギュンターの腕に胸を押しつけながら言う。

「猊下、お姉さまの次は私と踊ってくださるでしょう？　だって私が次のクレヴィング伯爵夫人になるかもしれないんですもの」

優越感に満ちた笑みを浮かべ、ちらりとツェツィを流し見る。

その表情はまるで世界は自分を中心に回っていると言わんばかりだった。

しかし、貴族同士の職位ならまだしも、アンハルト公爵令嬢という身分よりも、ギュンターの持つ、エメラルドグリーンの肩掛け――枢機卿のほうが序列が上になる。

グレイスは知らなかったようだが、ただでさえ、ギュンターは身分に平伏す性格ではない。

周囲にもはっきりわかるようにグレイスの手を振り払ったギュンターは、ツェツィに寄りそい、エスコートの手を腰に回した。

「その話は断るといったはずだ。それに、私はもう二度と自分の妻としかダンスを踊るつもりはない」

その台詞を聞いた途端、ツェツィは自分の体がふわりと舞いあがるような高揚感を覚えた。

それはゲームのなかにも出てくるギュンターの名台詞だったのだ。

一度もギュンターとダンスを踊ることもなく亡くなった妻――ツェツィへの悔恨のために、ギュンターは誰ともダンスを踊らないという設定だった。

一度はヒロインからのダンスの誘いを断るというシーンがある。

しかし、ヒロイン――つまり主人公としてギュンターをうまく攻略できると、その断りの台詞になぞらえて、

――『私が猊下の妻になります。ですから、猊下は……ギュンターはもうわたし以外とはダンスを踊らないでね！』

そう言って、ハッピーエンドを迎える。

その終わり方が前世のツェツィはたまらなく好きだった。

（でもギュンターはメインのヒーローじゃないし、そもそもわたしも主人公プレイヤーじゃない。あの台詞を聞くことはないと思っていたから……どうしよう。すごくうれしい）

恋愛ゲームには複数の攻略対象が用意されているが、たいていの場合、メインヒーローと呼ばれる攻略対象が存在する。

いわば、一般的な女性プレイヤーに好まれる外見の王子さま系キャラクターだ。

ツンデレ、ヤンデレ、クーデレと様々なパターンがあるのは、言ってしまえばメインの攻略キャラとの差別化がはじまりだった。

光があれば闇があり、明るいキャラを好む人がいれば穏やかなキャラが好きという人もいる。

そしてギュンターは、『妻帯者だった』『攻略対象としては年齢が高め』『外見がイケオジ』という、そのゲームが出た当時としては幾分珍しい設定のキャラクターだった。

当然のように、人気も控えめだった代わりに、ツェツィのように、一部では熱狂的なファンがいた。

ゲームのパッケージではなんとも思わなかったのに、ギュンターのエピソードを攻略途中に出てくる美麗なゲームスチル——特別演出の画像で完全に事故に遭った。

事故に遭う——つまりギュンターという沼に唐突に落ちてしまったのだ。

——『私はもう二度と自分の妻としかダンスを踊るつもりはない』

その低い美声が頭のなかで何度も何度もリピートする。

あまりにも夢見心地になりすぎて、あんなにも恐れていた異母妹の存在さえ忘れていた。

「まぁ……アンハルト公爵令嬢は、妻帯した枢機卿が基本的に奥さまとしかダンスを踊らないという決まりごとを知らなかったのかしら？」

「臙脂のドレスを着ているのだからライデン枢機卿推しでしょう？　それでよくクレヴィング枢機卿猊下にダンスを申しこめたものだわ」

「恥知らず……ライデン枢機卿のソサエティに参加する資格もないわね」

くすくすと扇の陰で笑う貴族たちの噂話の声でツェツィははっと我に返る。

落ち着いた佇まい(たたず)が眩しい推しから目を逸らせば、異母妹がツェツィとギュンターを禍々しいまでに険しい形相で睨んでいた。

「この私によくもそんな侮辱を……」

グレイスはぶるぶると震えていた。拳を握りしめ、肩を怒らせている様子から恐怖ではなく怒りで震えているということはわかる。

「ツェツィーリア、覚えていなさいよ。あんたたちがしたことは忘れない。必ず仕返ししてやるからね！」

自分から突撃してきて勝手に玉砕したくせに、なぜいつも最後はツェツィが悪いという結論になるのか――。

長年ひとつの屋敷で暮らしてきた異母妹だけれど、その思考はいつもわからない。

それでも、前世のことを思いだす前のツェツィは、グレイスのちょっとした脅しにいつも怯えていた。

仕返しをされるのかと思うと怖くて怖くて、どんな不条理なことも従ってしまっていた。

なのにいまは隣にギュンターがいて、自分を支えてくれると思うと全然怖くない。

ほんのりとあたたかな気持ちになったところで、ちらりとギュンターの顔をうかがえば、その顔色はどこか青褪（あおざ）めて見えた。

「ギュンターさ……いえ、ギュンター。どうかしましたか？」

嫌な予感がして、ぎゅっとその腕にしがみつく。

「いや、なんでもない……大丈夫だ」

そう言われてもツェツィの目には大丈夫なようには見えない。

朝に見たばかりの左腹の禍々しい魔素汚染の痕を思いだして、ぞくりと身が震えた。

「休憩室で少し休みましょう……わたしもダンスをして疲れてしまいました」

付け加えるように自分も具合が悪いと言ったのは、そのほうがギュンターも休むと言いやすいと思ったからだ。案の定、ツェツィを見たギュンターは、忘れていたと言わんばかりの申し訳なさそうな表情になった。

「ああ……悪かった。君は体があまり丈夫ではなかったのだったな」

その言葉にほっとしながら、使用人を捕まえて休憩室に案内してもらう。

大広間がある場所から斜面なりに連なった王宮を二階層ほど下がった階に、個室がいくつもある。

ツェツィも子どものころに何度か来たことがあった。

国王の従兄妹である母親はよくツェツィを連れて王宮を訪れていたから、このあたりの迷路のような作りに迷わないのは、ツェツィとしての記憶によるものだった。

枢機卿への配慮なのだろう。母親が案内されたのと同じ最上級の個室へと案内される。

二重扉を入ってすぐに応接セットがあり、その奥に寝室があった。

「ありがとう。水と軽食も持ってきてくれる?」

昔、母親がよくしていたように使用人に言う。

しばらくしてお茶や水、そして軽食のバスケットがローテーブルに運ばれると、すでにソファでぐったりとしていたギュンターに気づかれないようにツェツィはすぐに立ちあがり、入口の用聞きはいらないと伝える。

ツェツィとギュンターは夫婦なのだし、こういう部屋は密会に使われることもある。

すぐに意図を察した使用人は、用聞きの待機室に残らず、すっと下がっていった。

「猊下、なにか召しあがってください。帰ってきたばかりで呼びだされ、ろくに体を休めていないのでしょう?」

手袋を外し、濡れた手巾で手を拭いてから、サンドイッチをつまんだツェツィは無理やりギュンターの口元へと運んだ。

「はい、猊下。強制的にでも召しあがっていただきますからね」

一瞬驚いた顔をしたギュンターは、意外なことにすんなりとサンドイッチを口に入れてくれた。変なところが素直で調子が狂ってしまうが、大の大人がもぐもぐとサンドイッチをほおばる姿は存外かわいい。

推しの新たな顔を見て、きゅんと胸がときめいた。

（どうしよう……推しにわたしの手でサンドイッチを食べさせてしまった！　この手を永久保存したい。なのに、すぐに布巾で拭かなきゃいけないのが辛い！）

推し活をしたい自分と葛藤しながら、それでも手を拭いたツェツィは、ギュンターがサンドイッチを呑みこむか呑みこまないかといった隙に、肩掛けの紐と留め金に手をかけ、すばやく外した。自分の動きながら、神業に近い速さだった。

枢機卿が国王に招かれて正装しているとき、裾の長い宮廷服の上に自分の色で祭礼用の肩掛けを身につけている。金糸や銀糸を使って聖獣オルキヌスをはじめ、波や星の意匠を施してある肩掛けは美しく、いつもより豪華な仕上がりだった。

堂々とした体躯のギュンターをさらに見栄えよく見せている。

上着はボタンを留めない仕様になっているから、手をかければ滑らかな絹の布地がするりと肩から滑り落ちた。上着に皺がつかないように傍らの椅子の背にかける。

なにが起きたのかわかっていないギュンターへと畳みかけるように、表からは見えないボタンに手をかけた。

（ボタンが細かくて数が多い……！）

焦れたツェツィは自分の手袋を歯で噛んで無理やりに外した。

「ツェツィ……君はいったいなにを」

うろたえた声をあげても今回は騙されてあげない。

「猊下はサンドイッチをもう少し召しあがっていてください」

ずいっと、もうひとつサンドイッチを口に突っこみ、すばやく手を拭く。

そのあたりでボタン外しが段々楽しくなってきた。無心でボタンを外して、肌を露出させると、ギュンターの左腹はやはりふたたび色が変わっていた。

最初に見たときの禍々しいまでの黒さはないが、昼間に聖祠堂で抱かれたあとより活性化している。

強く打ちつけたあとの痣のように、斑な青紫色が広がっていた。

「やっぱり……さっきからまた魔素汚染の痕が傷むのですか？　汚染がまた肌に表れているではありませんか……」

どきり、と嫌な予感に追いたてられるように、ツェツィはちゅっとギュンターの左腹に口づけを落とした。

少し暗色が薄らいだ気がして、また別なところにもチュッと啄むようなキスをする。

そのたびにびくん、とギュンターの逞しい体躯がうめき声とともに跳ねた。

「肌が変色するほどの魔素汚染を受けたあとしばらくは強い悪意に晒されると、一時的に魔素汚染が活性化することがあるのだ」

「異母妹の……グレイスのせいですね……」

知らなかった。ゲームではそこまで詳しく書かれていなかったから、目の前にギュンターという生き証人がいるからこその情報だ。

人の悪意や争いの感情は魔素溜まりを活性化させる。

いまのギュンターの身体はそのなかに魔素溜まりを持っているも同然で、結界のなかにいても些細な悪意で具合が悪くなるのだろう。

（一回の浄化任務でギュンターがどのぐらい魔素汚染されるのか気になっていたけど……少なくとも、わたしと一回交わったくらいでは完全に回復しないということね）

――昼間、聖祠堂で交わったあとは軽い痣くらいまでよくなっていたのに……。

衝撃のあまり、言葉を失ってしまう。

「こういったパーティにはよかれ悪しかれ、人の思惑が行きかうものだ。本来は任務で浄化に出向いたばかりの聖者は、たとえ王宮の集まりであっても行事には参加せず、聖教会に引きこもることが許されている。体の魔素汚染が自然と浄化されるまでの間、祈りを捧げて過ごすのだ……しかし」

歯切れの悪いギュンターの物言いを察して、ツェツィは言葉を引きとった。

「父が……アンハルト公爵がなにか悪巧みを国王陛下に吹きこんで無理やり参加するように仕

向けたのですね。無理をして従う必要はありません！　今後は聖教会の力を盾にしてでも断ってください。こんな……簡単に回復しないほどの汚染を受けておいでなのに」

怒りと罪悪感がないまぜとなって襲ってきて、感情が制御できなかった。

グレイスだけではない。父親や義母もギュンターに対して悪意を向けていたはずだ。

自分の家族のせいで、ギュンターの具合が悪くなったのかと思うと、彼らをもっとやりこめればよかったという怒りが涌きおこってくる。

ツェツィは自分の瞳が自然と潤んでくるのを必死に堪えた。

「わかったから……あまり魔素汚染に軽々しく触れるな……体が弱いのだから君にも影響が出るかもしれない」

ぐいっと体を離すように手で押されたが、このまま放っておくことはできなかった。

「ダメです、猊下。お腹をもっとよく見せてください」

触れているだけでも、ギュンターに引っ張られるような感覚はつづいている。

つまり、ツェツィのなかで荒れ狂うほどの神聖力は外に出たがっていて、汚染され、神聖力が失われているギュンターの体に流れこんでいるのだろう。

ちゅっ、とまた唇を落とすと、びくり、と体が跳ねる。

その動きは苦痛を感じているというより、もっと切実な情動が感じられた。

「今回は結婚して初めて夫婦で参加するパーティだったからな。アンハルト公爵を牽制するために無理してでも参加すべきだと思った。その価値はあっただろう……ツェツィ？」

「そ、そうですわね」

さきほどの父親との口論のことを言っているとわかっていたが、顔が近い。

ギュンターとの距離の近さに意識が向いて、返事が小さくなる。

さらにはギュンターの指先がツェツィの頬に触れ、なにかを訴えるように視線を絡められると、ますます心臓の鼓動が勝手に高鳴った。

目の前に見えている推しの顔を直視できないほど動揺していた。

「聖祠堂でもそうだったが……もしかして誘っているのか？」

「はい？」

言われた台詞が理解できなくて思わず首を傾げてしまう。

「いくら汚染されていても、肌にはまだ触感が残っている。戦場帰りで昂ぶっている男の肌にそんなやわらかな唇を当てられれば、どうなるのかわかっているのかと聞いているのだ」

声音には、静かな物言いをするギュンターにしては珍しく熱っぽい情欲がこめられていて、どきりとさせられる。

こちらこそ誘われているようだと思ったのは、意識よりも体の反応のほうが早かった。

かぁっと頬が熱く火照り、ツェツィもまた潤んだ瞳でギュンターの灰褐色の瞳を見つめる。

「それはその……ギュンターもわたしと……する意思があるということですか？」

間違えてはいけないと思って、あえてツェツィは直接的に聞いた。

しかし、仮にも家父長制が強い、歴史風の恋愛ゲームの世界だからだろう。

ツェツィのはっきりとした物言いにギュンターはとまどっているようだった。

「おまえには恥じらいというものがないのか」

ため息混じりに頭を抱えられた。言いたいことはよくわかる。

「恥じらいなんて……わたしにだってありますよ。恥ずかしいに決まっているじゃないですか！　でもそれ以上にお互いの意思確認は大事でしょう？　だから正確におうかがいしようと思ったまでです。こういうのは誰が相手であっても人間関係においてとても重要ですよ」

仕事相手にきちんと確認しなかったために、不必要な残業をする羽目になったり、頼んだことをやってくれなかったりして大変な目に遭ったことが前世で何度あったことか。

ツェツィの訴えは目を瞠るギュンターの心に響いたらしい。

「そうだな……確かにおまえの言うとおりだ。夫婦といえども口にしないとわからないことばかりだ」

「そのとおりですわ」

ツェツィが相槌を打つと、心なしかギュンターは身を寄せてきた。

骨張った大きな手をツェツィの腰に回す。

「私も率直に言おう。私は初夜でおまえを抱いてから……戦場に行ったあともおまえのことばかり考えていた。聖祠堂で押し倒すような真似をしたのもそれが理由だ。おまえから誘われたせいもあるが……」

間近に迫る推しは、その美貌を見せつけながら低い美声でツェツィの耳朶を震わせる。

「私は……おまえの体が忘れられない」

「それはその……性的な体の相性の話ですか？　それとも、その……わたしの体があまりにも貧相で驚いたということでしょうか」

自分の華奢な体はふくよかな女性を尊ぶ貴族社会のなかでは必ずしも好まれる体型ではないとわかっている。

病弱でいて細すぎる肢体はツェツィにとって劣等感に苛まれる原因でもあった。

（前世を思いだしてからは、そこまで貧弱だとは思わなくなったけど……）

それは日本での価値観にすぎない。

この細い体も魔力過多症――器である体と、ツェツィの生まれもった神聖力が巨大すぎて出口を探して器である体を破壊しかかっているのが原因だ。

神聖力はゲームで言うならMP――マジックポイントみたいなものだ。たくさんあればあるだけ、たくさんの魔法を使うことができる。しかし、ツェツィは大量のMPを持っている一方で、聖者のように魔法を使えないし、ギュンターが使う浄化の恩寵（ギフト）も持たない。

ただの持ち腐れならまだいいが、外に出たがっている神聖力は凄（すさ）まじく、体に害を及ぼしているのだった。

「そんなに貧相だとは思わなかったが……まぁそうだな。視覚的に衝撃を受けたことは認める」

――つまり両方。

ふむ、とツェツィは真面目に考えた。

（わたしの体が忘れられないというのは、性行為によってギュンターの体がよくなったから、その体調のよさを、体の相性がよかったと勘違いしているのではないかしら？）

最初に依頼された魔素溜まりの浄化が終わったあとも体調がよかったから、つい、ふたつ目の魔素溜まりの浄化も引き受けてしまったと言っていた。

本来は、ひとつめの結界の依頼が終わった時点で聖教会にこもり、回復に専念しているはずだから、この王宮の戦勝パーティにギュンターはいなかったはず。

初夜が成功したことで、少しずつ恋愛ゲームで言及されていたギュンターの本来の過去が変わってきている。

(このまま少しずつゲームの設定を変えていけば『ギュンターの亡くなった妻ツェツィ』も生き残れるかもしれない……)

ツェツィはギュンターの腕をぎゅっと掴んだ。

——死にたくない。ずっとギュンターのそばにいたい。

設定が変わったと確信するたびに、自分はこんなにもまだ生に対する執着があったのかと、こんなにもギュンターが好きだったのかと思い知らされる。

この手に掴んでいるあたたかい感触を失いたくないのだと——。

「では猊下……今夜もっと、わたしの体を忘れられなくしてさしあげますわ」

——そうだ……忘れてはいけない。

たとえギュンターが誤解しているだけにすぎなくても、体を重ねることが自分とギュンターが生き残るために最適解の道だということを。

彼の銀髪に手を伸ばせば、さらさらとした直毛はかきあげたそばから指先からすり抜けてしまう。何度かきあげても指先から滑り落ちていく銀色の髪は、まるでふたりの未来を示しているようだった。胸がぎゅっと痛い。

この美しい銀髪の化身のような推しを失いたくない。

「さっきから……ときどき猊下に戻っているぞ」

「はい？　なんの話です？」

突然、話題を逸らされたと思い、頭のなかは疑問符でいっぱいになった。ところが、どこか拗ねた子どものような顔で、

「…………ギュンターと呼ぶと言っただろう」

などと囁かれて、こちらが照れてしまった。

「あ……そ、そういえばそうでございましたね……その……ギュンター……」

心のなかでは普通に『ギュンター』と呼んでいるのに、面と向かって名前を呼ぶとなると、どうしても気恥ずかしさが先に立つ。

「そうだ。これからは間違えるたびに君の口を塞ぐからな……ツェツィ」

「え？」

言われた台詞の意味を理解するより先にギュンターと視線が絡んだ。

その熱っぽい灰褐色の瞳がなにを訴えているのか、どきりと跳ねる心臓はすぐに察していたのだろう。まるで吸いよせられるように端整な顔に近づいていく。

聖祠堂でキスしたときは、最初はツェツィから強引に顔を近づけたが、今度は違う。

ツェツィ自身も顔を寄せていたが、今回はむしろギュンターのほうから積極的に近づいてき

ていた。

唇が触れると、「ん……」と紅を引いた唇から声が漏れる。

(キスだけでこんなに胸が昂ぶるなんて……)

自分でも驚いた。一度離れたと思うと今度は角度を変えてまた唇が触れて、むさぼるように唇の上で唇を動かされる。

その生々しい感触にどきどきと鼓動が高鳴っていた。

前世の記憶をとりもどしてからは、心のどこかで、これは架空の世界で、推しといっても二次元の存在にすぎないのだと、あえて思おうとしていた。

なのに、ギュンターの肌に触れるたびに、そのあたたかさに、肌の感触の生々しさに、どきりとさせられてしまう。

推し活で、推し対象に向けるにしては許されない感情が自分のなかに芽生えていた。うるさいくらい胸が高鳴るのもギュンターに触れられて勝手に熱くなる頬も、たったひとつの事実を示している。

――わたし、ギュンターに恋をしているかもしれない。

地下アイドルのガチ恋営業だって、ここまで間近に迫ることはない。まして、二次元にしか存在しないと思っていた推しがこんな近くにいて、ときめかないわけがなかった。

お触り厳禁のルールを破ったときからこうなるのはわかっていたはずなのに、実際に自覚してしまうと、とんでもない罪悪感が襲ってきた。

困惑で固まっているところに、ギュンターの指先がツェツィの髪をやさしくかきあげる。

「その……この間の初夜がツェツィは初めてだったな。体は大丈夫だったのか？」

キスをしたときの攻めてくるような気配を潜めさせて、ギュンターがやさしく尋ねてくる。

「処女だと初めての行為のあとは辛いのだと聞いた。私はおまえが目を覚ます前に戦場に向かってしまったが……タバサや侍女たちはもしかして用意が足らなかったのではないか」

視線を逸らして気まずそうに話す推しは、どうやら自分の体を気遣ってくれているらしい。

（わたしの推し最高すぎる……もう――好き！）

こんなことを言われたら、心のなかにいくつ団扇があっても足らない。

「は、はい。女官長のタバサをはじめ、侍女たちとは色々ありましたが、いまはよくしていただいてます。それに……げい、いえ、ギュンター……がわたしのことで気を遣ってくださるだけで団扇百個、振りたいくらいうれしいです。ありがとうございます」

「うちわひゃっ……なんだって？」

うれしすぎて思わず口から滑りでた台詞に反応され、しまったと思った。

「わわっ……いまのは忘れてください。ともかくギュンターから気遣いを受けるのはうれしい

って意味です！」

あわてて言い訳をする間にもツェツィは耳まで熱くなっていた。

爪先から頭の天辺(てっぺん)まで熱が上がりっぱなしだというのに、そんなツェツィを追いつめるようにギュンターはツェツィをソファの上に押し倒し、覆いかぶさってきた。

「そういうことを言うのは、つまりこういう行為をしてもいいという意味だな？」

ギュンターはツェツィの頭の上でにやりと笑う。

ドレスシャツの前をはだけたギュンターは、逞しい胸筋を見せつけながら、いつになく飢えた獣のような顔をしていた。

第四章　ギュンターのささやかな仕返し

ギュンターもアンハルト公爵令嬢のことは噂で聞きおよんでいた。

男に色目を使い、公然と追いかけまわす我が儘な令嬢だというよくない内容だ。

見目のいい男をとっかえひっかえ連れ歩いているというものもあり、噂に尾ひれがついたのだろう。男遊びが激しい娘だと何回聞いたことか。

国王陛下からそんな娘との結婚を無理やり命じられたときは、それでも逆らえない身分のしがらみを恨んだりもした。曰く、

「聖者を出したクレヴィング伯爵家を断絶させるわけにはいかない」

などというもっともらしい言い訳で、アンハルト公爵令嬢との結婚を強引に決められてしまった。

政敵であるアンハルト公爵家の人間と結婚するなんて、国王陛下からの命令であっても受け入れがたかった。

しかし、伯爵家の領地をあずかるものとしては、貴族の義務から逃れられない。

身分のしがらみと聖教会の聖者という立場は矛盾している。

そう思い知らされ、アンハルト公爵にそそのかされた国王陛下を恨んだこともあった。

一方で、結婚とはそんなものかという、あきらめに似た感情以上のものはなかった。

あえて言えば、令嬢本人の噂より、アンハルト公爵家の人間を自分の屋敷のなかに住まわせることに対する抵抗のほうが強かったくらいだ。

アンハルト公爵の差し金とおぼしき無理な任務命令や暗殺の危険に何度も晒（さら）されていたから、令嬢を徹底的に無視して、なるべく関わらないようにしようと決めていた。

ところが、結婚のために聖教会で会ったときから、ツェツィーリアという公爵令嬢は変わっていた。

――『わたくしは結婚の秘跡を授けていただけるだけで十分ですわ、教皇猊下（げいか）。これでもう、わたくしとギュンター枢機卿（すうききょう）猊下は婚姻の儀を終えた……そういうことで間違いありませんわね？』

そう言ってのけるツェツィは、噂どおりの男に色目を使うような娘には見えなかった。

毅然（きぜん）とした態度はむしろ、ギュンターが知る並大抵の男より堂々としていて――。

そのときから、かすかにギュンターはツェツィに興味を抱いていたのかもしれない。

――『猊下がこの結婚の義務を最低限だけは守ってくださるおつもりなら、今夜だけでもわたしを抱いてください……それとも、女を抱けない理由でもおありでしょうか？』

結婚式の夜、そう言われて、かっとなって押し倒したのは事実だ。そのときは、彼女を抱きたいというよりも、脅せばすぐに退散するだろうという気持ちが強かった。

――女なんてめんどくさいだけだ。

そう思っていたはずなのに、初夜を強要しただけで終わると思っていた花嫁は、予想外にももう一度抱いてほしいなどと言いだした。

あまつさえ、彼女は戦場から帰ったあとのギュンターの魔素汚染にも怯まず、禍々しい黒色をした腹に唇を寄せてくるほどの向こうみずな行動に出た。

あのやわらかい感触にギュンターは衝撃を受けた。

自分の体のことながら、魔素汚染を受けた体は大抵の人が目を逸らすほど、恐怖を抱かせる色をしていると思う。

仕事で魔素溜まりに慣れているギュンターでさえそう思うのだから、普段、見慣れていないツェツィにとっては、魔素溜まりそのものを目のあたりにしたのと同じくらいの恐怖を覚えたはずだ。

箱入りの公爵令嬢が魔素溜まりを直に見たことがあるかどうかは知らないが、人間は本能的に魔素溜まりや、そこから生まれてくる魔獣を恐れる。かつて世界を支配し、人間を追いやっていた怖(おそ)ろしい天敵だからだ。

なのに、彼女は迷うことなくギュンターの左腹に口づけを落とした。

指先で触れるのでもなく布越しに触れるのでもなく、唇で触れるというのは、よほどの勇気がないとできない。

（あれほど儚(はかな)げで細い体のどこに、そこまでの強い意志を持っているのだろう……）

ツェツィには予想外の姿を見せられてばかりだった。

それは若さゆえなのか、なにも知らないがゆえなのか。

無謀なのかと思えば、それとも違う。

――『いまはもう、クレヴィング伯爵家に嫁いできた身ですが……アンハルト公爵令嬢だったことに変わりありません』

きっぱりと告げてくる姿には年齢の若さに似合わぬ厳然とした矜持(きょうじ)が感じられた。

それでいて、家族と接するときの姿はいまにも消えてしまいそうなほど儚い。

家族からの無茶(むちゃ)な要望をきっぱりと断っていたが、か弱い体に似合わぬ勇気を、必死にかきあつめて立ち向かっていたのだろう。

大広間から離れたあとで、ぽろぽろと涙を零(こぼ)す姿を見て、自分がいままで見ていた毅然とした姿は彼女の鎧(よろい)だったのかと思った。

自分の壊れそうな心を守るために必死で本当の姿を隠している。

女性に対してそんなふうに感じること自体、初めてで、その肩を抱いてやりたいと思ったのも初めてだった。

聖者に認定される前に女性を知らないまま一生を終えるのも不憫(ふびん)だからと先輩に誘われ、房事の経験だけはあったが、ただ快楽を求めるだけの行為は自分の性格には合わなかった。

このまま禁欲の身を貫くのもいいと思っていたのに、彼女との一夜はギュンターの気持ちを変えてしまった。

——この結婚も実は悪くなかったのではないか。

そう思いはじめたのは、ツェツィのおかげだ。結婚する前は話をするどころか顔を合わせることもない妻だと思っていたのに、実際は逆だった。

彼女と話していると不思議と気分がよくなってくる。

病弱だという話は聞かされていたが、体が細すぎるのが気になるくらいで、くるくる回る表情は愛らしい。審美眼には自信がないし、自分の妻だという欲目があるかもしれないが、ローズピンクの髪も顔立ちもかわいらしいと思う。

ときどき、『推し』だの『うちわ』だのといったギュンターの知らない奇妙な言葉を呟(つぶや)く姿も独特だが面白いし、彼女が楽しそうだからだろう。こちらも楽しくなってくなる。

自分が女性に対してそんな感情を抱く日が来るとは思っていなかった。

もっと彼女のことを知りたいと心の奥底から様々な感情が湧きおこってくる。

そのなかには、もう結婚して正式に夫婦となったのだから、彼女を知る過程のなかで、彼女を抱いてもいいのだという、肉欲を正当化する感情もあった。

彼女をかわいいと思うと、特にその情動が抑えられなくて——……。


「……誘いかけてくると言うのは、つまりこういう行為をしてもいいという意味だな?」

王宮の休憩室で、ギュンターはツェツィの挑発に乗るように彼女を押し倒していた。

そもそも先に無理やりドレスシャツをはだけさせて、肌に口づけたのはツェツィのほうだ。

それなら、夫であるギュンターのほうも妻の肌に口づけていけないという法はないだろう。

ソファの上に押し倒したまま、ツェツィの首筋に鼻先を近づけると、パーティのために身につけたのだろうフレグランスの香りがダンスで組んだときよりも強く鼻腔をくすぐった。

ちゅっと唇を首筋に押しあてたあとで、香りを楽しむように、ぺろりと首筋を舐める。すると、びくん、と華奢な体が身じろぎした。

「ギュンター?　な、なにを……んっ、くすぐった……」

驚きと甘やかさの混じった声からは拒絶の気配は感じられなかった。

自分がそう思いたいのかもしれないが、ギュンターの首筋に回された指先でさえ、かすかに震えていたが、押し返す素振りはない。

それならと調子に乗ったギュンターは、今度はドレスの襟ぐりの空いたデコルテから、宝石の連なった首飾りを持ちあげ、鎖骨の下にちゅっと唇を落とし、もう一度聞いた。

「このままだと私はおまえを抱くのをやめられないが……構わないいな?」

低い声で囁きながら、耳元に唇を寄せ、そのまま耳朶を甘噛みする。

耳元につけていたイヤリングがかすかに抵抗するように冷たく唇に触れた。

ツェツィは「んんっ」という鼻にかかった声を漏らしたあと、ただこくこくと首肯する。それで十分だった。

「そのエメラルドの首飾り……ツェツィによく似合っている」

枢機卿の妻へと、ギュンターの肩掛けの碧色になぞらえて大きなエメラルドのついた首飾りと耳飾り、それに腕輪のジュエリー一式を教皇から贈り物としていただいていた。

特に、エメラルドを初めとしてふんだんに宝石のついた大きな首飾りは豪華で、ツェツィは気後れしていたが、身につけた姿は彼女のローズピンクの髪を引き立てて、感嘆のため息を零してしまうほどよく似合っている。

「あ、ありがとうございます……ギュンター」

まだ敬語が抜けきらないぎこちなさも愛しいと思う。こんな瞬間瞬間に、あきらかに心が動いて感じること自体、ギュンターにとっては稀なことだった。

その初めての体験の相手がツェツィでよかったと心から思う自分がいる。

ドレスの上衣を脱がせる間にも、首飾りとコルセットの隙間にのぞく素肌が上気して誘っているようにも見えた。

胸の膨らみに唇を落とすと、びくんとツェツィの体が反応するのも楽しい。

自分にこんな狩猟本能のような感情があったことさえ新鮮な気持ちで味わっている。

――彼女が欲しい。もっと追いつめて食らい尽くしたい。

「ああっ……待っ……ンうっ、痛……ッ！」

肌を吸いあげると、慣れない行為だったのだろう。

とまどうような声をあげるのも愛おしい。

肌につけた青紫の痣にちゅっと口づけを落として、その上に首飾りを下ろした。

「この痣は君が私のものだという証しだ……ツェツィ。君がクレヴィング伯爵家へ嫁いできたという……まぎれもない証し」

髪をかきあげながら言い聞かせるように言う。

「わたしが……クレヴィング伯爵家へ嫁いできたという証し……？」

「そうだ。だから、私は君を抱いていいいし、君は私の家族になる。そういうことだろう？」

年の差がある妻だという意識はなかった。この国では十才くらいの年の差で結婚することがあたりまえなこともあるが、彼女は二十という年齢に似合わぬ目をするときがあるからだ。

ギュンターを見るときのツェツィは全身でギュンターに対して興味津々という雰囲気を隠さない。しかし、家族のことを語る彼女はとても儚げで、事前に聞いていた男遊びが激しい娘なという噂がとんでもない誤解だったとよくわかる。

（異母妹と間違えられた噂だと言われても……自分で自分が情けない）

噂に惑わされるなんて、枢機卿としても失格だ。

ギュンターの言葉に、ツェツィがこくりと小さくうなずくのがうれしい。

この気持ちを一般には愛というのだろうか。

胸に灯がともるようにあたたかくなる。それでいて、体は一度、情欲を覚えると、もっと彼女が欲しいと言わんばかりに激しい熱を抱いていた。まるで自分に与えられた神からのプレゼントを開くような心地で、手探りにコルセットの結び目を解く。

ゆるんだコルセットからまろびでた双丘は、華奢な体からすると意外なほど大きい。

舌先を伸ばして乳頭をつつくと、赤い蕾（つぼみ）が応えるように硬く起（た）ちあがった。

「んっ、は、ぁ……ギュンター……」

名前を呼ばれたのをもっと刺激が欲しいという意味だと受けとめる。舌を這（は）わせたのと違うもう片方の胸の膨らみを手のひらですくいあげた。

まだみずみずしい乳房は硬く、強く握れば痛いのだろう。びくん、と身を固くされてあわてて手の力を加減する。

「ツェツィ……私が欲望のままにむさぼったらおまえを壊してしまいそうだ。もし君がどうしても怖いなら言ってくれ」

そう言いながらも行為を止められるかは危うかった。

それでも、彼女を壊したいわけではない。嫌だと言われれば、自慰をしてすませようという理性が欠片（かけら）ほどは残っていた。

「だ、大丈夫です。前にも言いましたが、こう見えても見た目よりは丈夫なんです。初夜のあともちゃんと起きあがれましたし……いたしましょう！　ぜひ！」

耳まで真っ赤になりながら告白する姿はギュンターの欲望をなおさら昂（たか）ぶらせていた。

自分がギュンターにとってどれだけ魅力的な獲物なのかを自覚していないのだろうか。潤んだ瞳で見つめられると、いますぐ欲望を解き放ちたくなるのを必死で堪える。

情欲を刺激せずに少しずつ満たすため、立ちあがった赤い蕾を甘噛みすると、むずがゆかったようだ。

「ふぁっ、あっ……それ、は……んンッ」

言葉にしがたいとまどいが紅を引いた唇から零れた。その吐息ごと奪いとってしまいたい。

彼女の初心な反応が楽しくて少しだけ意地悪心が出てしまったのは許してほしい。

「気持ちよくなかったか？」

「い、いいえ……そんなことは……ない、です」

ツェツィはあわてて否定したものの、快楽を認めるのは恥ずかしいようで、語尾に行くにつれ声が小さくなっていた。

「じゃあ、もっと欲しい？」

つん、と胸の尖（とが）りを上向かせるように乳房を掴（つか）み、わざとらしく聞く。ギュンターの問いかけに、またしても熟れた林檎（りんご）のように真っ赤になったツェツィは、それでも小さく首肯した。

その途端、ふたりだけでいる部屋の空気が急に濃密に花の香りで満ちた気がした。

軽く乳頭に歯を立てながら、もう片方の胸の赤い蕾をつまみあげると、びくびくっと組み敷いた体が跳ねる。

唐突な性感を与えられて軽く達したようだ。荒く息を乱していた。

ツェツィの熱い吐息を間近に感じると、自分の体の内側に熱い衝動が昂ぶった。ペチコートで膨らんだスカートを脱ごうと、もぞもぞと身じろぎする姿もいじらしい。

フリルとレースをたっぷりと使ったスカートとペチコートはギュンターが手伝ってもなお、脱がせるのに苦労した。男性用の盛装とは段違いの難易度だ。

彼女付きの侍女を増やしたほうがいいのかもしれないと、城に来て初めて考える。

「わたしがボタンを外すのはあんなに苦労したのに……」

なににショックを受けたのだろう。コルセットとドロワーズだけの姿になったツェツィは困惑した表情で呟いた。

それでいて迷いのない仕種(しぐさ)で青紫色に変色したギュンターの肌に触れてくる。

「この左腹が治るまではもうパーティや舞踏会などの人が集まる場所へは行かないでくださいね……ギュンター」

ツェツィのはしばみ色の瞳が真っすぐに見つめて訴える。

「もちろん、聖教会からの依頼で浄化に出向くのも禁止です。たとえ体調がよくてもわたしがいいと言うまで屋敷でお休みくださいね。わかりましたか?」

まるで子どもを諭すような口ぶりなのに、言っているツェツィのほうが拗(す)ねた子どものような顔をしている。

どうやらギュンターが体に魔素汚染の影響が出るほど働いたことが面白くないらしい。

（自分はアンハルト公爵令嬢だと言っていたくせに……）

ツェツィはちっともアンハルト公爵家の人間らしくない。

自分の意志をはっきり持っているだけでなく、ギュンターを気遣ってもくれる。

それがまたギュンターの心を揺さぶっているとは彼女は夢にも思っていないのだろう。だからこそ、躊躇（ちゅうちょ）なくギュンターの領域に踏みこんでくるに違いない。

それが心地よくもなぜだか悔しくて、自分も彼女の心を揺さぶってやりたいという気にさせられる。

「あとはもう下着だけだ……ツェツィ。あちらを向いてごらん」

体を起こしてソファに座らせると、華奢な体をくるりと回転させた。

結び目を解いただけのコルセットの組紐（くみひも）をさらに丁寧にゆるめていくと、露（あら）わになった肩甲骨にも誘われてしまった。ちゅっと唇を落としたあとで、舐（ねぶ）るようにその谷間に舌を這わせ、窪（くぼ）みをきつく吸いあげる。

「あ……んンっ、ギュンター？」

痛みを覚えたせいだろう。またしてもツェツィはとまどいの声をあげた。

「おまえの体のあちこちにクレヴィング伯爵家の一員になったという証しをつけておきたい」

我ながら言い訳がましいと思ったが、ツェツィはその言葉を信じたらしい。素直そうな声が答える。

「そういうものなのですか?」

「そうだ。魔除けみたいなものだと思えばいい」

そう言いながら、もう一方の肩甲骨にも、ちゅっとバードキスを落とす。すると、触れただけでも感じるようだ。びくん、と、ツェツィの体が震えた。

その反応が楽しくて、体を抱えこむようにして双丘を掴むと、

「あ……んンっ……ふ、ぅ……」

ふるりと震えながらも、鼻にかかった声が聞こえてきた。指先で立ちあがった乳頭をきゅっとつまみあげると、一度快楽を覚えたそこは感じやすくなっているのだろう。びくんびくんっと愉悦を覚えたとき特有の反応が肌から伝わってくる。

首筋を唇で辿りながら胸を揉みしだいていると、次第に声が甲高く激しくなった。

「あぁン……あぁっ、はぁ……やぅ、あっ、ギュンター……ギュンター……ッ!」

鼻にかかった声で何度も名前を呼ばれるのは、強く求められているようで悪い気はしない。

「そろそろ下のほうも感じてきたか?」

右手をドロワーズの裂け目から忍びこませ、女性の秘部へと指先を伸ばすと、そこはすでに湿り気を帯びていた。

「はぅっ、あっ、そこ……やだ、ダメです……汚いから……あぁんっ」

やだと言いながらも、指先を蜜壺のなかで動かすと、くちゅりと愛液特有の粘り気がある感触が伝わってくる。

指先で秘部を撫でるたびに「んっ、んんっ」と短い嬌声が漏れるのもかわいい。

「汚くなんかないぞ……むしろもっと直に味わってみたいくらいだ」

「は？　なにを言って……ギュンターの変態！」

元気な反応が返ってくると、その明るさを彼女からもっと引きだしたくなる。

コルセットを脱がせて体を回し、ソファの上に押し倒すと、ドロワーズの腰紐を解いて、すっと足から引き抜いた。臀部から太腿へと手を滑らせ、脚を大きく開かせる。すると、普段は隠している場所を暴かれて、ツェツィが動揺した声をあげた。

「ま、待って……こんな明るいうちから……」

「カーテンは開いているが、窓の外は崖だ。通る人から室内をのぞかれる心配はない」

言い聞かせるそばから太腿の内側にちゅっとバードキスを落とした。

びくん、とまたツェツィの体が跳ねる。柔肌はずいぶんと敏感なようで、軽く啄むだけで、「ひゃっ」というくすぐったそうな声が耳に届いた。そこを強く吸いあげて、普段は幾重もの布地の奥に隠された場所にも自分のものだという証しを刻む。

ツェツィに会うまで、自分が女性に対してこんな所有欲を抱いているなんて知らなかった。彼女によって引きだされた自分は醜い自己愛にまみれていたが、不思議と嫌な気分ではない。

聖獣オルキヌスは繁殖を尊ぶだけでなく、自身の伴侶を愛し、伴侶を守るために戦うことを認めている。つまりそれは、伴侶に対する強い所有欲も許されているということだろう。

（こんな私でも……ツェツィが受け入れてくれるなら……）

「かわいいおしりが震えているぞ」

足を肩にかけて持ちあげながら、軽くからかうような声が出てしまった。

「おしりがかわいいだなんて……ッああん——ギュンターが段々とおかしなことを言うようになってしまった……意地悪。えっちです。変態です……んんっ」

子どもが無理やり思いついたような悪口を言うものだから、それもまたかわいらしくて、もっと意地悪したくなるからたちが悪い。

からかいたい気持ちが湧きおこって、堪えようとしても堪えきれなかった。

「意地悪で変態だったら、ツェツィは私のことが嫌いになるのか？」

言いながら、ぺろりと舌先で陰唇の割れ目を舐めた。

そんな場処に舌を這わされたのは初めてなのだろう。びくびくっと組み敷いた体が痙攣したように跳ねて、びくん、と大きく震えたのを最後に弛緩する。

「うう……はぁ、あぁ……そんなところ舐めたら……ンぁあっ！」

「舐めたら？」

「んっ、ああぁン……――ああッ！」

言いながら、陰唇にも唇で触れ、軽く吸いあげる。それだけで一段と甲高い嬌声がツェツィの赤い唇から零れるのがギュンターの耳に蠱惑的に響いた。

「大丈夫か？」

さすがにやりすぎたかと反省して声をかけると、達してすぐに声を出せなかったのだろう。こくこくとうなずかれる。

指を陰唇のなかに入れて抜き差しを繰り返すと、すでに三回目だからだろうか。ずいぶん早く二本の指が入るようになった。

慣らすまでもないだろうかと思いつつ、聖祠堂ですぐに挿入してしまった自分を恥じる。

（あれでは本当に獣と同じだ……いくら聖獣オルキヌスが許してくれても、自分で自分を許せそうにない……）

それに、反り返った己の分身が硬く起ちあがっているのを見ると、彼女を壊してしまうのではないかと不安になってしまう。

もっときちんとなかを広げてからのほうがいいだろうと躊躇していると、そんなギュンターの心を読まれたようだ。ツェツィはギュンターの手に手を重ねた。

「大丈夫です……こういうのは、勢いが肝心だと思いますし、……それに、いまこの状態でやめられるほうが辛いです」

ツェツィが透明感がある声で言う。その声音は嘘を言っているようには思えなかった。それに、この状態をやめるのが辛いのはギュンターも同じだ。

うなずく代わりに重ねられた手の甲にちゅっとキスをして答える。

「まだ少しきついかも知れないから、慣らしながら入れるようにする」

何度か達したおかげでツェツィの膣道は十分濡れていたが、それでもやはり香油を塗ったほうがよかったかと悩むほどきつかった。

狭隘な膣内へと肉槍を穿つというのは、ギュンターにしてみれば締めつけられる感覚が快楽に繋がる一方で、ツェツィにとっては痛みしかないのだろう。

「んっ、あぁ……はぁ……」

苦しそうな声を何度か漏らしていた。

「ツェツィ、息を大きく吸って……そうだ。今度は吐いて……力を抜いて体を楽にして……」

声をかけているうちに、少しずつ彼女のなかに肉槍が収まっていく。

「まだ同じ日だからこれは初夜二日目でいいのだろうな？　夜が更けるまで聖獣オルキヌスの

初夜になぞらえて子作りしようか。私におまえの体を忘れられなくしてくれるのだろう?」

そう囁いた途端、彼女のなかに入っていた肉槍が蠕動する膣にうながされ、奥を突いた。

「ひゃ、うっ……ふ、あぁっ……ンあぁ……ッ!」

「おいっ、ツェツィ……締めつけるな……すぐ出てしまう」

嬌声をあげられたのと肉槍を締めつけられたのとで危うく達してしまうところだった。

「うっ、く……は、ぁ、ンぁあん……ッ……ギュンター……わたし、我慢できな……んんっ」

誘うように上目遣いで見つめられると、またすぐ達しそうだった。心のなかで聖句を唱えて、どうにか堪えたが時間の問題だった。

「一度抜いてまたなかに入れるから……少し我慢してくれ」

——私も我慢するから。

とは心のなかだけで呟いた。

† † †

ツェツィの臀部に腰を打ちつけられるたびに、目の前に星が飛ぶ。

「あっ、あぁッ……ンぁあっ……は、ぁ……ッ」

体の奥に肉槍が当たるたびに、胃の腑が押しあげられて苦しいのに、びくびくと言葉にしがたい快楽が体の内側を浸食して、頭のなかが真っ白になる。

快楽とはまるで酩酊しているようだ。一度囚われたらこの恍惚からは逃れがたいと思う。

肉槍を抽送されるたび、「あっ、あぁっ」という悩ましげな声が漏れた。

自分の唇から漏れているとは思えない媚びた声が恥ずかしいが、勝手に漏れでてしまうからどうにもならなかった。

ギュンターの手が腰に触れるだけでぞくりと体の奥が疼いて、たまらなく熱い。

――欲しい。ギュンターの精が。

そう体中が叫んでいるかのようだった。

肉槍を打ちこまれるたびに膣道が蠕動してもっと咥えこもうとするくらい、汗まみれの体は推しを圧倒的に感じていた。

肌と肌が密着していると、わずかに擦れるのさえ、愉悦を呼び覚ます。

さらには、ツェツィが喘ぎながら乳房を揺らしているのがギュンターの視界には目の毒だったのだろう。

そこが弱いとすでに知られているだけに、絶妙なタイミングできゅっと乳房の先をつままれ、それだけで簡単に軽く達してしまった。

ぞくりと愉悦の波が大きくなり、軽い浮遊感に襲われる。

それでも、一度火がついた体は軽く達したくらいでは終われないのだろう。

もっともっとと体の内側で、情欲がざわめいていた。

体を交えるのも三回目ともなると、ツェツィの体も自分が楽になるだけでなく、快楽そのものを覚えてしまったらしい。

大きな愉悦の波で絶頂に達したいという切実な欲求が涌きおこっていた。

「ひゃあぁぁんッ……あ、あぁっ、もぉ……我慢、できな……ギュンター……ッ」

肉槍を穿たれたまま、胸を揉みしだかれると、ふたつの快楽を刺激され、すぐにまた、びくん、と大きく体が跳ねた。

抽送を繰り返されると、陰唇はずくりと激しく疼いて、体の芯が痛いくらいだ。この愉悦を終わらせるには、もっと激しくされないと満足しないと言わんばかりだ。

「ツェツィ……私ももうそろそろ限界だ……なかに出してもかまわないか」

ギュンターの訴えにツェツィはこくこくと目を潤ませて、懇願した。

すると、いままではゆったりとしていたギュンターの肉槍の抽送が速くなり、それに合わせて、ツェツィが愉悦に体をくねらせる回数も増していく。

何度か大きく体が跳ねると同時に、快楽の波が大きくうねった。

「ンぁ、あぁん……はぁ……あぁ――……ッ」

頭のなかが真っ白に弾けて、体が浮遊する感覚に襲われる。

体になかにどろりとした精が放たれたのはよくわからなかった。ただギュンターの首筋に抱きついた格好のまま、動けなかった。

(今回のギュンター……一回目より二回目よりすごかった……)

ゆったりした動きでギュンターの髪に指先を挿し入れると、汗ばんだ髪が指に絡むのがうれしい。

「ギュンター……好き……推せる……」

「え?」

とまどうギュンターの声を聞きながらツェツィは眠りに落ちてしまった。それは性行為をした体の疲れからくるものだと、このときのツェツィは信じていたのだった。


――ツェツィがしあわせな気分に浸っているのと同じ時刻。

城の門前ではツェツィの父親、アンハルト公爵が、王宮を睨(にら)みながら怒りに震えていた。

「ツェツィーリアとギュンターめ……公然と私に逆らうなんて、どうなるか覚えていろよ」

そんな捨て台詞を吐いて、公爵家の馬車へと乗りこんだのを、当然のようにツェツィが知る由もなかった。

第五章　伯爵家の女主人として采配をふるいます

——ギュンターと城で一夜を過ごした翌朝のこと。

ツェツィが旦那さまと連れだってクレヴィング伯爵家のタウンハウスに戻ると、当然のように使用人たちはまたパニックになっていた。

「ちょっと、奥さまが旦那さまと一夜を過ごすのは初夜だけじゃなかったの⁉」

「黙って……女官長に聞かれたら私たちが八つ当たりされるわよ」

使用人たちのひそひそ声は隠せていない。

ギュンターにエスコートされてツェツィが廊下を歩く間も、似たようなざわめきが何度も耳に届いていた。湯浴(ゆあ)みで体を綺麗(きれい)にして屋敷内で過ごすドレスに着替えたあと、少し体を動かそうと部屋を出たときもそうだ。

本人たちは十分声を落としたと思っているようだが、ただでさえ階下の声というのは上階によく響いてくる。

ギュンターが戻ってきてみなが緊張している屋敷のなかでは声がよく響いた。

屋敷の中央にある螺旋(らせん)階段の踊り場で耳をすまして、ツェツィはにっこりとほくそ笑む。

女官長はさておき使用人たちの統制には成功しつつある。瀟洒(しょうしゃ)なタウンハウスの空気がざわついているのさえ、いまは心地よかった。

よく磨かれた蠟燭台や木目の美しいオーク材のテーブルも、使用人たちの噂話に浮ついているように見える。

「でも、旦那さまのお具合が悪いから、ただ城に泊まってきただけかもしれないわよ？」

「本当に奥さまが女主人になられるのかどうかは、子どもができるかどうかじゃないか」

屋敷のあちこちで囁かれる声は、ツェツィにとってよいことも悪いことも混じっていたが、個人的には変化そのものを歓迎していた。

（ゲームのなかでギュンターが語ったことを正史とするなら、『亡くなった元妻ツェツィ』とギュンターがきちんと初夜を迎えたこの世界は違う歴史を辿ることになる）

わずかな変化でもありがたく受け入れよう。そうでないと、この世界がいつ元に戻ってしまうかわからない。

（元に戻れば、わたしの三年後からさきの未来は……ない）

――『ずっと後悔していた……政略結婚だからと妻に冷たくしたことを。ただ式を挙げただけで初夜もせず、まるで彼女が存在しないかのように顔も合わせなかったことを……』

聖教会で結婚式を挙げたときに聞いたギュンターの悔恨のように、同じ屋敷で暮らしていても顔も合わせない妻として若い命を散らせてしまう。

(そうならないために……初夜をすませたからにはギュンターの体をいたわらないと)

――この世界はもともと過酷な世界なのかもしれない。

いまになってゲームの設定を思い返してみて、ツェツィは震える自分の体を抱きしめた。

普段、街中にいると、ほとんど目にすることがなくて忘れがちだが、原初は魔獣が支配していた世界だ。

危うい均衡を保って人間の生活が成りたっている。

世界のあり方について誰も疑問を抱いていないが、聖者の献身がなければ人間の住み処が守られないなんて、前世では考えられなかった。

城壁があり、そのなかで暮らさなければ、野党やほかの一団から襲われるかもしれないというのはまだ理解できる。前世でもそういう国はたくさんあったし、歴史的にはどこの地域も村とそれ以外との争いはあたりまえにあったからだ。

自分の経験というよりは知識として理解していた。

でも、その城壁を守るために、絶えず結界を張っていないと人間の世界が守られないというのは、いまだにぴんとこない。

ギュンターのように恩寵（ギフト）を持つ聖者はそのことをよくわかっていて、この厳しい世界を人間が生き抜くため、己の限界まで身を捧（ささ）げてしまう。

しかも、苦心して聖者が張った結界さえ、同じ人間が戦争を起こしたせいで壊れてしまうこともあるなんて。

「聖なる翼、聖なる鱗（うろこ）にお願い申しあげます。どうかもう戦争が起こりませんように……」

ツェツィはただ祈ることしかできなかった。

†　†　†

新たに買ってもらったプレタポルテのドレスを着て、ツェツィは屋敷のなかを走り回っていた。普段着用とはいえ、枢機卿の妻として同じドレスを着回しするのは問題があると言われ、先日のパーティのときに何着か買いこんでいたものだ。

目に鮮やかなエメラルドグリーンのドレスは使用人の目につきやすいようで、ツェツィが廊下を急いでいるところで、

「奥さま、おはようございます」

と明るい声をかけられることが多くなった。

ツェツィの部屋がある中二階からギュンターの寝ている二階の寝室へ行ったかと思えば、使用人から連絡が来て、執務室へと呼ばれる。

執務室で書類と格闘していると侍女が呼びに来て、女官長と夕食の打ち合わせをする。

そしてまた執務室に戻って、訪ねてきた人の応対などをしていると、あっというまにクレヴィング伯爵家での一日が終わる。

動きやすい既製服のほかに、念のためにと次のパーティのときのドレスも発注するようにと、ギュンターが命じてくれた。

おかげでクローゼットのなかは順調に服が増殖している。

突然、パーティの二つや三つに参加させられてもドレスがかぶる心配はなさそうだ。

まだ納品されていない特注のドレスもあり、そのうちクローゼットが溢(あふ)れてしまうのではないかと思ったが、伯爵家にはほかにも衣装部屋があるとのことで、

「いくらドレスが増えても心配ない」

などとギュンターから請け負われてしまった。

具合が悪いというのに、帰宅したギュンターはツェツィ付きの侍女を正式に決め、着替えのときは侍女を増やすようにという命令までつけくわえてくれた。

どうやら、城でツェツィのドレスを脱がせたときに思うところがあったようで、すぐに脱げるように単衣のナイトドレスも用意させていた。

そのナイトドレスを見るたびにうれしくなり、次にギュンターと一緒に夜を過ごすことがあれば、先に着替えてからにしようと心に誓うツェツィだった。

問題はやはり、原点のなかの原点とも言える、ギュンターの生真面目な性格だった。

「ダ・メ・で・す。絶対、部屋から出しませんからね」

城から戻って数日が経ち、ギュンターを安静にさせようと、ツェツィは毎日、臨戦態勢になっていた。ともすれば、ツェツィの目を盗み、執務室へ向かおうとするギュンターを何度ベッドへと追い返したことか。

「浄化の任務は絶対に引き受けないから……ツェツィ。せめてクレヴィング伯爵としての仕事はさせてくれ。聖者の任務に出かけたあとは、クレヴィング伯爵領の仕事がたまっているはずだ。私が処理しないと領民が困ってしまう」

真摯な顔でそんなことを言われても、ダメなものはダメだ。

きらきらとまばゆい大好きな推しの顔で言われると、なんでも叶えてあげたくなるが、その願いは聞けない。

「クレヴィング伯爵領の仕事でしたら、わたしが確認します。家令とわたしでどうにもならないものだけギュンターにおうかがいしますから、ともかく寝ていてください！　ほら、まだ熱が高いんですからね」

ツェツィがギュンターの額に額を押しあてると、普段より熱い体温が伝わってくる。

城から帰ったあと——つまり、一日に二度の性交を経て、ギュンターの肌の色はかなり元の色をとりもどしていた、
それでも魔素汚染を浄化するというのは体に負荷がかかる任務なのだろう。

自室に戻ったあとで、熱を出して寝こんでしまった。

領地によって抱えている問題が違うから、すべてがツェツィにわかるわけではない。

しかし、アンハルト公爵家でも経理を手伝っていたからだろう。溜まっていた書類の大半は家令に聞きながらツェツィが処理できるものだった。

領地へ手紙を書き、滞っていた決裁に代理人としての署名をする。

そうやって、クレヴィング伯爵家の執務はどうにか日常をとりもどしはじめていたのだが、ここでも問題はあった。

女官長だけはなにがなんでもツェツィを通さずにギュンターに連絡をとろうとしたのだ。

ツェツィとタバサの仲が悪いことをいち早く察した家令は、長年、仕えてきたギュンターを休ませるために、ツェツィの側につくことにしたらしい。クレヴィング伯爵家が受けとった手

紙の一部を女官長が持ちだしたことに気づいて、すぐにツェツィに知らせてくれた。

屋敷の逓信室からギュンターの寝室へと向かう女官長を、先回りしたツェツィは腕組みをして扉の前で待ち構えていた。

「城からの招聘（しょうへい）はわたしが断るので手紙を渡してください」

「私は以前に旦那さまから直々に、浄化の任務からお帰りになったときでも、聖教会と国王陛下からの手紙だけは第三者を通さずに、必ず手渡しするように命じられております」

女官長も当然のように譲らなかった。

こうなってくると、彼女こそがツェツィの生き残りを賭けた戦いを阻むラスボスのように思えてくる。

お互いにギュンターが大事なことには変わりない。

しかし、『旦那さまの命令を守るため』と『ギュンターの体を守るため』というのは、似て非なる意識の違いがあった。

（タバサのこの頑なさはなんなの……最終的にはギュンターを苦しめることが忠心だなんて）

ゲームのなかでヒロインに漏らした悔恨のように、ギュンターに罪悪感を負わせるわけにはいかない。

「あなたのそのギュンターへの忠義は城や聖教会のために向けられているの？　それとも、本当にギュンター自身を大事だと思っているの？」

思うようにいかないやるせなさを吐きだすというだけでなく、ギュンターの命令を言葉そのままに守ろうとするタバサの盲目的な考えが理解できなかった。

彼女の矛盾を突っこむようにツェツィは厳しい言葉で追及する。

「あなたのその間違った忠心のために、ギュンターは国王陛下からの招待を断れず、魔素汚染を抱えた体でパーティに参加して倒れてしまったのですよ、タバサ。これでまた国王陛下や聖教会からの手紙をギュンターに渡すということは、どういう意味かわかっていて手紙を届けようとしているのでしょうね？」

屋敷に戻ったらしばらくは体を休めると約束していた。

ギュンターが起きてこないのはツェツィとの約束のためもあるが、熱が高いのも本当だった。

魔素汚染された体に欠けた神聖力を急激に回復させた反動と体が戦っているのだ。

ツェツィとの二度にわたる性交で魔素汚染自体は回復していたが、その代償のように彼は寝こんでいる。

性行為で失われた神聖力を回復させ、彼の体を癒やすというのは、ツェツィが思うほど簡単な方法ではなかったのかもしれない。

ツェツィ自身、己の行動は正しかったのだろうかと自問自答している。だからこそ、目の前にいて自分が正しいと信じている女官長は、まるで反面教師のようでもあった。

(ううん、わたしが戦っているのは、現実の女官長というより、わたしと彼に近寄る死の影なのかもしれない……)

こうしている間もツェツィとギュンターは命をすり減らしている。

「旦那さまは……聖教会と国王陛下からの手紙は、直接、届けるように私に直々に命じられたのです。私は旦那さまの命令に背くわけには参りません」

まるでねじが切れて壊れたゼンマイ人形のように、女官長は同じ言葉を繰り返した。

彼女はぶるぶると震えていた。恐怖と言うより、怒りに震えているようだった。

おそらく彼女はツェツィによって自分の役割を奪われることこそを怖れていて、だからツェツィを女主人として認められないのだろう。

(あなたがわたしの味方になるつもりがないなら仕方ない。彼を守るためなら、わたしはいくらだって悪者になる覚悟を決めているんだから)

お腹(なか)の上で手を組み、背筋を伸ばしたツェツィは女主人らしく毅然とした態度で告げた。

「そのギュンターの命令は彼の命を脅かしますので、認められません。ギュンターと結婚したからにはわたしがこの館の女主人です。彼の具合が悪いときにはわたしが代理で返事をいたしますから、手紙を渡してください……もし命令に従わないと言うなら、わたしはあなたを罰しなければいけません」

ツェツィの揺るがない態度に自分の旗色が悪くなっていると感じたのだろう。

苛立(いらだ)った女官長は、ツェツィに向かって叫んだ。

「アンハルト公爵家の密偵なんかに大事な手紙を渡すことはできません！」

口にしたあとで、しまったという顔をしていたところを見ると、思わず零れてしまった本音に見えた。

「わたしがアンハルト公爵家の密偵だと断定する理由はあるのですか？」

「あなたがアンハルト公爵令嬢だというだけで十分ではありませんか！」

拳を握りしめ、身を震わせる女官長は、怒りでいまにも卒倒しそうだった。

周囲では使用人たちが集まり、この戦いの勝敗がどちらに傾くのかをはらはらとした顔で見守っている。

実際、彼らにしてみても切実なのだろう。ツェツィ側につけば、このあとで女官長が力をとりもどしたときにばつが悪いだろうし、女官長側につけば、ツェツィが本当に女主人として力を持ったときに、出世できないかもしれない。

そんな水の揺らぎのような思惑が使用人たちの顔にはっきりと表れていた。

「タバサと同じことを考えている人もなかにはいるでしょう。でもいまここではっきりと言っておきます」

ツェツィは集まってきた使用人たちの顔をひとりひとり目に留め、背に負った扉を死守する決意を固めた。

「聖者であるギュンターの浄化任務はなににも代えがたい大切なお仕事です。同じように彼がクレヴィング伯爵の義務をまっとうしようとしていることも理解しています。しかし、そのせいで国王陛下からの要請と聖教会からの要請で板挟みとなり、彼の体に負担をかけることもあるでしょう……いまこうして寝こんでいるように」

ちょっとした演説めいたツェツィの言葉に、廊下に並んだ使用人たちは聞きいっている。

発した言葉が彼らのなかに染みこむのを確認するように、ツェツィは一拍、間を置いた。

「ギュンターは国王陛下と聖教会の板挟みになっていることを認めようとしないでしょう。たとえそのせいで自分の体が悪くなったとしても、です。だからわたしは、国王陛下と聖教会に楯突いてでも、あるいは実家のアンハルト公爵家に歯向かってでも彼を守ると決めました」

ざわ、と使用人たちから驚きの声が漏れる。

どうやら騒動を聞いて次から次へと使用人が集まってきたらしい。いくらタウンハウスの廊下が広いといっても、屋敷中の使用人全員が並べるほどの広さはない。

ギュンターの寝室の前の廊下は右も左も使用人でいっぱいになっていた。

(早く女官長を説きふせないと大変なことになりそう……)

「たとえギュンターの命令に逆らうとしても、わたしは彼の体に悪いことを認めるわけにはいきません。それともタバサはクレヴィング伯爵家が大事な主を失ってもかまわないと言うのですか？」

「そ、それは……」

いくら命令を遵守していると言ってもその結果、ギュンターを失っては元も子もない。

女官長のやることがギュンターを追いつめると知っているツェツィにとっては、なおさら彼女の忠心から来る行動を認めるわけにいかなかった。

ツェツィの言葉に感銘を受けたらしい。

家令のタイラーも加勢するように発言してくれた。

「そうです……いまのギュンターさまは浄化のあとの回復に専念しておられるところです。様々な思惑が渦巻く王宮になんて出仕したらまたお具合を悪くされてしまいます」

家令がツェツィの側についたのを見て、使用人たちの間に動揺が走る。

屋敷のなかとあって、使用人は女性のほうが多いが、伯爵家の家令という立場は少なからず力を持っているのだろう。

女官長の配下に当たる侍女のなかにも、女官長側につくという腹を決めかねて、どちらの旗

色がいいのか見定めているものがいるようだった。

(とはいえ、屋敷のなかが分裂されてしまうのも外部に対して隙ができてよくない)

まさか女官長がギュンターを裏切ってアンハルト公爵の命令を聞くとは思えなかったが、ツェツィに対する恨みが募れば、なにをしでかすかわかったものではない。

ほかの使用人たちもそうだ。金の力に負けて密偵をするものが出てくるかもしれない。

(すべての人間を信じることも、すべての人間を疑うことも不可能だ。だから、いまここで一番いいのは……)

——わたしが折れること。

「クレヴィング伯爵家の使用人の結束が固いことはわたしもよくわかりました。それは素晴らしいことだとも思っています。でも、今回だけはギュンターの具合が悪い間、わたしが当主代行をすることを認めてほしいのです。今後もなにかあったときにわたしが当主代行になるかどうかは、ギュンターの具合がよくなってから、あらためて決めてもらいます。それでどうでしょう?」

決定ではなく、裁定を委ねるような物言いに、はっと憑き物が落ちたような顔をしたのは女官長だった。

「聖獣オルキヌスの聖なる翼、聖なる鱗にかけて誓います。回復したギュンターがわたしを今後は当主代行として認めないと宣言したら、その決定に従うと」

手を上げて聖典に誓う仕種をすると、おお、というツェツィに賛同する声があがる。

「それはいいですね。女官長も今回は奥さまに従ってください。聖獣オルキヌスだけでなく、ここにいるわたしたちみんなが証人となるなら、よいではありませんか」

家令にそうまで言われて、さすがのタバサも意地を通す状況ではないと察したようだ。

ツェツィに直接、手渡すより抵抗がなかったのだろう。

タイラーが差しだした手に書簡の束を託した。

女官長は無言のままツェツィに対して体を屈(かが)めるお辞儀をすると、使用人たちをかきわけて去っていった。老女が角を曲がり、気骨がありながらもどこかやつれた背中が見えなくなると、タイラーが手を叩(たた)いて使用人たちの注意を引く。

「ほら、奥さまのお話は以上だ。みんな仕事に戻りなさい」

人がいなくなるのを見計らい、ツェツィも執務室に向かおうとすると、

「私が出る幕もなかったな……見事な采配だった」

そんな声が背後から響いて、寝室の大きな両扉からギュンターが整った顔をのぞかせた。

「ギュンター！　き、聞いていたのですか……」

出過ぎた真似(まね)だとは思っていたし、勢いで偉そうなことも言ってしまった。

（旦那さまにあんな話を聞かれていたなんて……うわー恥ずかしい！）

ガウン姿のギュンターの前でツェツィは顔を覆う。

「まさかツェツィに人を掌握するこんな才能があったとは……私の知らないおまえの顔はあとどれだけあるのかな？」

「からかわないでください。褒めても手紙や書類は渡しませんからね！　ギュンターはほら、ベッドに戻ってください」

ツェツィは書簡を小脇に抱えたまま、もう片方の手でギュンターの背を押した。

「具合が悪いときに妻から無理やりベッドに入らされるというのも悪くないものだな」

ベッドまで見送ったあとでギュンターがしみじみと言う。

「そんなものですか……」

てっきり仕事をしたがると思っていたのに、変なところで意外と素直だから調子が狂ってしまう。

ギュンターが横たわっているのは、初夜のときにツェツィがソファよりベッドがいいと言って連れてこられた天蓋付きのベッドだ。その傍らに腰かけ、ギュンターの額に手を当てると、ずいぶんよくなっているが、まだ熱感は残っていた。

もう少し静養したほうがいいだろう。

「じゃあ、眠たくなるように子守歌でも歌いましょうか?」

思いつきで言うと、具合が悪いからなのだろうか。やはり、素直な返事をされる。

「それも悪くないな。子どものころは寝こんだときによく母が子守歌を歌ってくれた」

「お母さまはどうされ……あっ、ごめんなさい」

爵位は基本的に終身のものだ。ギュンターがクレヴィング伯爵を継いでいて、この屋敷に大奥さまがいないのだから、彼にはいま両親がいないということなのだろう。

わざわざ訊ねるまでもなかった。

口にしてから察してしまい、ツェツィはあわてて言葉のつづきを封じる。

「いや、結婚したのだから、きちんとこういう話もしておくべきだろう……父は戦争で亡くなり、私が枢機卿になってすぐのころ母も亡くなってしまった」

どこか遠い目をしながらギュンターが言う。

「母は私ほど強力な神聖力はなかったが、魔素汚染を浄化できる聖者だった。私が任務で出かけているときに伯爵領の近くで魔素溜まりの汚染があったらしい。当時の私は聖教会でも貴族の間でもなんの力がなく、自分の任務を調整したり、ほかの聖者を派遣したりすることはできなかった。それで、母が浄化のために出かけたそうだ。その代償に魔素汚染にやられてしまい……連絡をもらったときにはもう手の施しようがなかった」

淡々と紡がれる言葉は、逆に彼が辛い想いを乗り越えてきたのだという証しのようだった。

「ギュンター……だからあなたは魔素汚染の浄化を依頼されると断れないのですね……」

「……そう、なのかもしれないな」

（魔素汚染で人が亡くなる辛さを知っているからこそ……）

——やさしい人。

政敵であるわたしを無視しようと決めても無視しきれなくて塩対応をしたくせに、やはり拒みきれない。

（わたしの大好きな推し……）

ベッドの上に横たわったまま目元を手の甲で隠されると、なぜだか彼が泣いているように見えた。

「わたしがそばにいますから、眠ってください。ほら……眠れ、眠れ——聖なる翼に包まれた子は、聖なる鱗の夢を見る……」

子守歌なんて知らないと思ったのに、歌いはじめると記憶の奥から引きずりだされるように口から紡がれる。それは、この国では定番の子守歌で、ツェツィも子どものころに母親から何度も聞かされていた歌だった。

「ああ……いい声だ……」

囁きが聞こえてしばらくすると、やすらかな寝息に変わる。

ツェツィはもう一度、彼の額に手を当てて熱を測ると、そっと立ちあがった。すると、自分の袖をギュンターが掴んでいることに気づいた。

「ギュンターったら……」

——どうしよう……もう。こんなことをされたら好きになっても仕方ないでしょ。

大変なときだとはわかっていたが、口元がゆるむのを抑えきれない。

指先で彼の頬(ほお)をつんつんとつつくと、寝入っているなかでも軽く身じろぎした。そんな推しが愛おしすぎて、こんな穏やかな時間が永遠につづけばいいのにと願ってしまう。

それから数日が経ち、ギュンターの体がすっかりとよくなったころだった。

領主としての仕事に戻ったギュンターは使用人を集め、あらためてツェツィをクレヴィング伯爵家の女主人として認めるとの宣言をしてくれた。

「私が不在のとき、そして具合が悪くて寝こんでいるときは、ツェツィの判断を仰ぐように。彼女はアンハルト公爵家の出身だが、クレヴィング伯爵家に嫁いできた身だ。この屋敷の、そしてクレヴィング伯爵家に仕えるすべての使用人に命じる。今後は私に仕えてきたようにツェツィに対しても接するように」

そのギュンターの一言が決定打となり、使用人たちのツェツィを見る目が完全に変わった。

いままではどこかよそよそしかったのに、真っ暗な森に、不意にあたたかい木漏れ日が降り注ぐようにやさしくなり、クレヴィング伯爵家の一員として迎えてくれるようになった。

女官長との間はあいかわらずぎこちなかったが、これはもう仕方ないとあきらめることにした。

強く頭を押さえつけては余計に彼女の矜持を傷つけてしまうだろうし、一線を引いて仕事と割り切るほうがいいだろう。

ツェツィが処理した手紙には王宮からの命令も混じっていたが、聖教会の法を持ちだして断りの手紙を出したあとは、それ以上の強要はされなかった。

それで、ツェツィはつい安心してしまったのだ。

屋敷の聖祠堂でギュンターとふたりで祈りを捧げるような、ささやかなしあわせがこのままつづいていくのだと——。


——その手紙が届いたとき、ツェツィも病みあがりのギュンターを手伝って執務室にいたのは幸いだった。

「聖教会からの任務要請の手紙です」

使者がわざわざ面会の許可をとって訪ねてきた。

ツェツィはあとから知ったことだが、初夜の翌朝、ギュンターが急いで出かけたときも、聖教会からやってきた使者は教皇直々の命令だと言って、急いで浄化の任務に行くように告げたとのことだった。

しばらく枢機卿として聖教会に顔を出していなかったギュンターは、任務を言いつけやすい格好の獲物にされてしまったのだろうか。

「アスト王国が大軍で攻めてきました。その周辺地域に大規模な魔素溜まりが発生して、結界を次々と壊しているそうです。魔獣の被害も甚大で、先に国境付近に出向いていた聖者たちはみな魔素汚染で倒れてしまったと……緊急の任務です」

その言葉を聞いたとき、ツェツィは拳を握りしめた。

（アスト王国の大侵攻……こんなに早く来るなんて……）

もしかすると、ツェツィが過去を変えてしまったがゆえに、もっと先で起きる出来事が早めに起こったのかもしれない。

覚悟はしていたものの、実際に目の前で魔素溜まりの浄化任務の話を聞かされると、心臓が嫌な冷たさで跳ねる。

このアスト王国の大侵攻はギュンターが体を壊すきっかけであり、顔も合わせない妻ツェツィとも決裂する、ゲームで言及されていた過去の決定的なターニングポイントだった。

「任務命令書をこちらへ」

ギュンターの言葉で、使者は封蠟がついた書簡をギュンターの前に差しだした。

机の前に座したまま、ぱりっと封蠟を割り、任務命令書のなかを確認するギュンターの表情は硬い。

「——アスト王国との国境、ハウンド平原にてアスト王国の軍勢が一万人。ウォーデン聖王国側は守備隊八千人で迎え撃ち、防衛。しかし、国境に設置された結界が複数破壊され、聖者が十人魔素汚染で倒れて戦線を離脱。現在、結界を浄化する聖者はひとりもおらず、魔素溜まりが広がる一方で魔獣が大量に発生し、その被害も増えている」

「そん……な……」

魔獣が大量に発生しているという台詞（せりふ）を聞くと、意味もなく体が震えてくる。

ツェツィが魔獣を見たのは一回だけだ。公爵家の領地もウォーデン聖王国の王都も幾重もの結界に守られており、そのなかまで侵入してくることは滅多になかったからだ。

それでも、この世界の人間には根源的に魔獣への恐怖が植えつけられている。

それぐらい、魔獣というのはかつて圧倒的にこの世界を支配していた。

「ツェツィ、私はいまから使者と一緒に聖教会に出向き、そのまま国境に出かける。おまえにクレヴィング伯爵家のことは任せ……」

「わたしも一緒に行きます！」

ギュンターの言葉を遮るようにしてツェツィは強く訴えた。

あまりの勢いに、使者もその場に居合わせた家令も目を瞠っている。

無数の本と書類が並ぶ執務室は、大きな格子窓を背に主の机と椅子を備えている。

斜めに射しこむ日射しに照らされたギュンターの髪は銀色に輝き、頬骨が高い相貌は目を瞠っていた。

さきほどまでツェツィも参加して熱心に書類を検討していた空気から一転して、ぴりぴりとした緊張感に包まれる。

「ツェツィ、これは聖教会の任務だ。パーティに行くんじゃないんだぞ？」

「わかっています。でも、ギュンターはまた無理をなさるおつもりでしょう。聖者もいない戦場で倒れたら誰がギュンターの面倒を見るんですか。なんといわれてもわたしはついていきます。戦場で掃除洗濯するくらいのことはできるんですからね」

ツェツィが細い腕を見せると、家令のタイラーはその言葉に感動した声をあげる。

「奥さま……そこまで旦那さまのことを……」

（思っていて当然だ。わたしとギュンター双方の生死に関わる問題なんだから）

「ギュンターがなにを言ってもわたしの意志を変えることはできません。なにがなんでもわたしはついていきます！」

——この未来を変えるためにここまで頑張ってきたんだから……譲れない。

先日の女官長とのやりとりやギュンターを寝室に寝かしつけた手腕を見ていた家令は、これ以上なにを言っても無駄だといち早く悟ったらしい。

「じゃあ、女官長に言って、奥さまのお荷物とお世話をする侍女の手配をしますね。旦那さまの身の回りの世話は侍従のトーマスが行いますから」

タイラーはこれは大変なことになったと言いながらも、控えの間から侍従を呼びよせ、あれやこれやと指示をはじめている。

若い家令だが細かいところに気が回るのは頼もしい。荷造りは任せて構わないだろうと思い、ツェツィは書棚から地図を出して広げた。

「ハウンド平原の結界が壊れたと言うことですが、具体的にはどこが壊れているのでしょう？平原のなかにはアスト王国への街道もあったはずですが、こういう状況ですから、ひとまず街道の結界は後回しでいいですよね。軍のほうは和平交渉を行っているのでしょうか。戦争がつづいているのに結界を浄化しても、またすぐ壊されてしまうのでは意味がありません」

ツェツィは広げた地図から結界の印を指さして、使者に訊ねた。

ギュンターのことは知っていても、ツェツィと顔を合わせるのは初めてだからだろう。聖教会の使者は自分の知る情報を話していいものかどうかとまどっていた。

指示を仰ぐように、枢機卿であるギュンターの顔を見ている。

「彼女は私の妻だ。アンハルト公爵家の人間でもあるが……この要請がアンハルト公爵家が企んだものならツェツィに情報を隠す必要はないだろう」

使者はギュンターの台詞に一瞬ぎくりとした様子を見せたものの、すぐに地図のそばに来て、壊れた結界を指さしてくれた。

「――国王陛下からはこちらの五つの結界をまず浄化してほしいとの正式な依頼が聖教会に来ております。軍営地はこちらになります」

使者の指先が地図の上で動いていく。

「魔素溜まりができている場所は少し離れた場所になりますので、現地で案内を頼むことになるでしょう。まず軍営地に駐在していただき、そこから結界を浄化するか、先に魔素溜まりを浄化するかは猊下の判断に委ねるとのことです」

「ギュンターの判断に委ねると言うのはずいぶん都合がいい話ですね」

ツェツィは思わず突っこんでいた。

（本当に教皇猊下からの依頼なのか、お父さまから圧力があったのかはわからないけれど酷い依頼だわ……）

初めからギュンターが魔素溜まりを放っておけないことを見越して、曖昧な依頼をしているのだろう。結界の浄化をしてほしいという国王の依頼につけこんで周辺の魔素溜まりの話もするようにうながされていたに違いない。

「ツェツィ、大丈夫だ。最近は体の調子もいいし……ともかくすぐに準備しよう」

ギュンターから肩をやさしく掴まれると、ぶつぶつ文句を言っているツェツィのほうが悪者めいて見えてくる。

（もう……本当にギュンターはぱっと見は塩対応のくせに本音はやさしいんだから。そんなところも好きなんだけど）

「わかりました……わたしもそばについて精一杯、補佐させていただきます」

深刻な事態なのだし、自分の生死をわかつかもしれない分岐点でもあったが、心の奥底から、推しを応援したい気持ちが溢れていた。

「ギュンターの塩対応はツンデレよりクーデレに近いのよね。それともたまに見せる素直なところから素直クールもあり？　求めるファンサはいっそストレートに人差し指付きで『バーンして』とかのほうが……」

いますぐ推し活用の団扇（うちわ）を作りそうな勢いでツェツィがぶつぶつと独り言を言っていると、

「つんでれ？　ふぁん……なんですって？」

使者からとまどいの声をあげられ、ツェツィははっと我に返った。

「あら……わたしとしたことが……ちょっとした考えごとですわ。気にしないでください」

いまさらながら取り繕った笑みを浮かべたツェツィに、使者はどう対応したものかわからないという表情を浮かべていた。

そんな使者に共感したギュンターが肩を叩いて、

「我が妻の言動は気にしないでくれ……私にもああなったときのツェツィの言葉はよくわからないんだ」

そう言いながらもギュンターは終始やさしい視線をツェツィに向けていたのだった。

第六章　迫りくる死の運命をえっちで回避します

ハウンド平原へは聖教会同士を繋ぐ時空跳躍（ワープ）を使っても四日かかった。

国境近くの聖教会は危険だからと閉鎖されており、直接は時空跳躍できなかったからだ。

跳躍先の聖教会からは軍に護送され、魔獣を警戒しながらの旅となった。

丘の上で休憩したときに見た平原は、軍旗が立ちならぶ様を見なければ、ただの風が吹きすさぶ荒野だ。

雪が解けたばかりのこの時期は緑が生え、ところどころに花も咲いている。

真ん中に貫かれた街道をこのまま飛んでいけそうな錯覚に陥るほど平穏に見えた。

つづら折りに丘を下り、検問を越えた先にウォーデン聖王国の軍営地があった。

さすがは最前線というべきだろうか。ウォーデン聖王国の紋章旗がいくつも掲げられており、兵士たちは物々しく周囲を警戒していた。

「付近の結界がすべて壊されてからは、アスト王国と戦ってるのか魔獣の侵入を防いでいるのか、私たちもわからないほどで……そのぐらい魔獣が発生しているんです」

ギュンターとツェツィ、それに侍従のトーマスと侍女のベティの一行を迎え入れてくれたのは、軍営地の補給物資を管理しているという若い士官だった。

「将軍は軍の指揮で忙しく、高位の指揮官は戦場に出ており……私ごときの出迎えで申し訳ありません」

「いや、それだけ戦線の維持が大変ということだから構わない……さっそくで悪いが、まずは魔素溜まりの様子を確認したい。近くまで行けそうか？」

ギュンターは慣れているのだろう。落ち着いた様子で対処していたが、ツェツィとしては気が気ではない。

国境に来るのは初めてだという侍女も同じで、自国の兵士でさえ怖ろしいものを見るように怯(おび)えていた。

そこにしゃがれた声が響き、ツェツィとベティはびくりと飛びあがった。

「そこ邪魔だ。道を空けてくれ！」

傷病兵の担架を運んできた兵士たちが天幕の間を縫って何人も駆けこんできて、たちまちあたりは騒然とした空気にとって変わった。

「この男は魔獣の爪に鎧を裂かれた！　こっちは剣の傷だ」

血の臭いがむっと広がり、ツェツィはくらりと眩暈を起こしそうになった。

「奥さま、こんなところに私たちがいて大丈夫なんでしょうか……」

不安そうな声をかけられて、ツェツィははっと足を踏みしめて意識をしっかりと保った。

顔を上げれば、ギュンターが心配そうな表情で見つめている。

「ツェツィ、私はこれから魔素溜まりを確認してくる。おまえは天幕に案内してもらい、休んでいなさい」

「ギュンター……大丈夫です。行ってきてください。聖獣オルキヌスの聖なる翼と聖なる鱗に誓って無事に帰ってきてくださいね。わたしが待っていますから」

ギュンターに軽いキスをして送りだすと、周囲から場の空気にそぐわぬ、

「ひゅーお熱いねー」

などという冷やかし声があがる。

（人前でなんてやりすぎだったかしら……でも一応まだ新婚なんですからね！　しかも推しと新婚なんですからね！）

大事なことだから二回、心のなかで繰り返した。

そうやってギュンターを見送るとすぐに、ツェツィは腕まくりをはじめた。

「さぁ、ベティ。天幕に荷物を運んだら……エプロンを出してちょうだい」

ツェツィにだって、ただギュンターを待っているだけでなく、この場所でできることがあるはずだ。

「奥さま、なにをなさるおつもりですか」

髪を結び、エプロンを纏（まと）ったツェツィは、よほどの決意が漂って見えたのだろうか。

侍女のベティはずいぶんと怯えた様子でツェツィの腕を掴んで離さない。

「別にギュンターを追いかけていくわけじゃないから大丈夫。傷病兵の看病くらいなら私にもできるわ。あなたはここにいていいから」

そう言ったが、ひとりで見知らぬところに残されるのも恐（こわ）いのだろう。結局、ベティもエプロンをつけて一緒について来た。

傷病兵が運ばれた天幕に入ると、薄暗いなかにいくつものうめき声が響いている。

腐った卵のような、むっとした臭いが鼻についた。

「もう少し換気をしたほうがいいわね。天幕の端と端を空けましょう」

ツェツィがベティに指示すると、すかさず先ほどのしゃがれ声が飛んでくる。

「おい、勝手なことをするな！　お嬢さんがこんなところに来ると呪われるぞ。出ていけ！」

まだなにもしていないのに怒鳴られるなんて久しぶりだ。

脅したつもりだろうが、この程度で怯むようならアンハルト公爵令嬢なんてやっていられなかった。

父親からも義母からも、さらには異母妹からも怒鳴られてばかりの人生だった。

しかし、その連鎖を断ち切ったのは、前世でも怒鳴られながら仕事をつづけた経験だった。

(怒鳴ってくるのは……相手も余裕がないからだ)

ツェツィは布で口元を抑えながら息を吸うと、あえて落ち着いた声で言いはなった。

「換気が悪いと感染症の危険がありますし、なにより作業をする上で暗くて危ないです。人手が足りないのではありませんか？　日中限定の手伝いが来たとでも思ってください。落ち着いて指示していただければ、なにかの役に立つはずです」

救護天幕の惨状を見ても落ち着いているツェツィの様子に、彼も冷静になったようだ。

しゃがれ声の医官はそれなら、と指示を出してくれるようになった。

「シーツを取り替えてやりたいが看病していると洗う時間もない。こっちの器具と洗濯物を見てくれると助かる」

「わかりました。洗濯……ですね」

わずかに怯んでしまったのは洗濯物の山があまりにも巨大だったからだ。

(前世のように洗濯機に放りこんだら乾燥して出てくる……だったら、どんなにいいことか)

一瞬、涙目になってしまったが、ここでは手を動かすしかない。

「ベティ、手伝ってちょうだい。湯を沸かして、煮沸消毒するわよ。それと危ないから血の痕には直接触れないようにして」

それからは汗だくの労働だった。傷を洗うための水汲みや機材の熱湯消毒も満足な手が足りていない。

前世の知識で考えればあたりまえのことが整えられていない状況だった。

（これじゃあ、いつ二次感染が起きるかわからない。戦争って……これが現実。もしわたしが癒やしの能力でも持っていたら、なにかが違ったのかな……）

――ううん、考えすぎちゃダメ。

ツェツィの手はふたつしかないし、自分の三年後だってわからない身だ。

まず自分とギュンターが生きのびることが最優先だ。その過程のなかでできることを頑張るしかない。

洗濯物を干して一息吐いているところにギュンターが士官と一緒に帰ってきた。

ほかにもぞろぞろと兵士が帰還したところを見ると、ちゃんと護衛もつけてくれたらしい。

（よかった。なんて言ったって大切な能力を持つお偉い枢機卿猊下なんだから……）

無事に帰ってきたことに、ほっと胸を撫でおろしていると、心なしかギュンターの顔色が悪いことに気づいた。あわてて近くに寄る。

「ギュンター？　大丈夫ですか……？」

「あ、ああ……」

曖昧な返事に心配になったツェツィが彼の頬に手を伸ばすと、ひやりと冷たかった。

春先の冷たい空気にやられたのかもしれない。

しかし、どうにも嫌な汗が噴きだして、そのままギュンターの腕を掴んだ。

「すぐに天幕で休んでください。トーマス、いますぐ天幕のなかをあたためて！」

† † †

天幕にギュンターと一緒に入ったあと、ツェツィはギュンターの肌に変化がないかどうかを確認するために、すばやく服を脱がせた。

血と汚れにまみれたエプロンは天幕に入る前に外し、手も洗っている。冷たい水で洗ったせいか、天幕のなかのあたたかさがうれしかった。

「どうやら肌は大丈夫なようですね……」

先日、変色していた左腹を真っ先に確認してしまったのは無理もないと思う。

肩掛けと上着こそ衣装かけに引っかけたものの、ツェツィの理性が保ったのはそこまでだっ

た。寝具の上に横たわったギュンターのシャツははだけ、シャツを脱がすのに邪魔だったから
トラウザーズの前もボタンを外してある。
いつもと違う寝具の上に寝乱れた推しの姿はやけに艶めいて、肌を確認したあとで、気恥ず
かしさのあまり、はっと我に返ってしまった。
（逞しい体が半裸に乱れている姿はこうまであやしい魅力に満ちているものなのか……）
正気に返ったそばからギュンターの割れている腹筋に目が釘付けになり、ツェツィは思わず
お腹につーっと指先を滑らせてしまった。
その手をぐっと掴まれ、
「ツェツィ、男に対するそういう行為は、誘ってると思われても無理はないとこれまで学んで
こなかったのか?」
やけに顔を寄せられて問われて、どきりと心臓が跳ねた。
思いがけず、ギュンターから身を寄せられた瞬間、体温が一気に跳ねあがる。
「わ、わたしはそういうつもりでは……」
——なかっただろうか。
自分で否定をしておきながら、自問自答してしまった。もしギュンターの体に魔素汚染の影
響があったなら、そのまま無理やり行為に及ぶつもりでいたはずだ。

ツェツィが言葉を詰まらせて固まっていると、不意にちゅっとギュンターが顔を寄せ、唇を重ねてきた。

「ギュンター！」

真剣に心配しているというのに、思いがけず甘い雰囲気でバードキスをされ、責めるような声が漏れた。

「なんだ？　誘ったからには私に襲われる覚悟ができているのだろう？　どこにいても私たちは夫婦なんだから……キスをするぐらい同意がなくてもかまわないはずだ……」

甘いため息を吐くように囁きながら、もう一度、唇を重ねてくる。

今度は舌先が唇を割ってはいり、口腔を愛撫された。

たまらずに、ぞくりと震えあがるような愉悦が背筋を走る。

（結婚式のときはキスなんてしないと突っぱねていた人が……）

――いまはこんなにも切迫した顔でわたしを求めてくるなんて。

正直に言えば嘘みたいだ。いや、本当はツェツィのことが好きなわけではなくて、調子がよくなる現象を無意識に体が求めているだけなのかもしれない。

（それでもいい……三年後わたしが生きていて、ギュンターも死亡フラグを乗り越えたら、そのときこそ、この問題に向きあえばいい）

大事なのはいまこの瞬間なのだとツェツィは心を決めた。

「んンぅ……んっ、ギュンター……好きです……わたしはあなたのことがずっと好きでした」

前世からずっとギュンターのことを想っていたから、神様がこの世界に転生させてくれたのだろうか。

（あるいは、ギュンターを救うためにわたしがこの世界にやってきた……とか？）

するりとドレスの留め金を外す骨張った指先を、ツェツィは拒まなかった。

戦地で脱ぎ着がしやすいように、いつもよりボタンの数が少ないドレスを着ていたせいだろう。するりと脱がされてしまった。

こういうのが旅先の開放感なのだろうか。

人目がないならいいかもしれないという気にさせられてしまう。

それに、戦場の時間感覚というのも王都と違っていた。

薄暗い天幕では夕刻でももう夜という感覚が強く、ランプに火を入れてある。

その仄かな明るさがこういう行為を許す雰囲気を漂わせていた。

旅のトランクと用意されてあった机と寝具でいっぱいになった天幕には、ランプの灯火を受けたペチコートのフリルが不似合いなほど、やけに明るく浮かびあがって見える。

「ツェツィ、子どもを作るなら、女性が上になったほうがいいという話を聞いたことがあるか?」

ドロワーズの腰紐を解きながらギュンターが思わせぶりに言う。

——伯爵家の後継ぎが必要だから結婚したら子作りしなくてはいけない。

それは、もともとツェツィが持ちだした、房事をするための言い訳だったのに、今度はギュンターのほうが、情欲を満たすための言い訳にしようというのだろう。

(もちろんわたしとしては、ギュンターと交わるのは大歓迎よ)

「聞いたことはありませんが……それを試したいということでしたら受けて立ちますわよ? 猊下……」

あえて敬称で呼んで、寝具に横たわるギュンターに今度はツェツィからキスをした。

首筋にギュンターの手が回され、もっとと強請(ねだ)るように体を引きよせられる仕種に自然と胸が高鳴る。

彼のちょっとした『もっと』がうれしくて、ツェツィのほうまで欲張りになっていた。

「さすがに体が慣れてきたのか……胸の先がもう硬くなっているぞ?」

「ひゃあっ……ギュンター……そういうからかい方は意地悪です……」

つんと指先で触れられただけで乳房の先端がずくりと疼いた。

こういう、ギュンターとのちょっとした触れあいが少しずつあたりまえになっていることにいまさら気づいた。

どきどきしているし、ギュンターが好きだという気持ちもあるけれど、それ以上に彼との会話やちょっとしたスキンシップがすでに日常になっている。

（結婚したばかりのときは、わたしがアンハルト公爵家の人間だからとあんなに警戒されていたのに……）

まだ結婚してひと月ほどしか経っていないことを考えると、隔世の感がある。

ツェツィが考えごとをしていることに気づいたのだろう。意識を引き戻すように、胸の先を舌で転がされた。

「ふぁっ、あぁ……ンぅっ、ギュンターったらもう……わたしがそこ弱いの知ってて……ンああっ」

反射的に体を離そうとすると腰を強く掴まれて、できなかった。口腔で乳頭を吸いあげられると、愉悦が背筋を走り、鼻にかかった喘ぎ声が漏れる。

「下の口はもう十分濡れているようだが……もっと慣らしたほうがいいか？」

骨張った指先が脚の狭間（はざま）に伸び、陰毛をかきわけて割れ目を辿ると、ずくりと痛いくらいの疼きが体の奥で脈動した。

「んっ、わからない……あっあっ」

くちゅくちゅと指先で陰唇をもてあそばれ、たまらずに嬌声が高くなる。自分の行為でこうなっているのは知っているくせに、

「しーっ……ツェツィ。あまり声をあげると外にいる誰かに聞かれるかもしれないぞ?」

そんなふうに言って笑う推しは意地悪なのに、顔がとびきりいい。

えっちをしているときのギュンターの顔はわずかに紅潮して、輝かんばかりに眩しい。

(こんな甘いファンサ……困る……)

推しからこんなファンサを受けて、逆らえるファンがいたら見てみたい。

そんなふうに思ってしまうツェツィとしては、もちろん言うとおりに従うしかなかった。

声をあげないように気をつけながら、そろそろとギュンターの上に跨がり、反り返った肉槍に自分の濡れた陰唇をあてがう。

「そうだ……愛しいツェツィ……上手だ」

そんな声とともに腰に手を回されると、体の芯がまた期待するように熱く疼いたのだった。

† † †

「んっ、ギュンター……もうそろそろ、終わらないと……あぁっ」

ギュンターの体の上から立ちあがろうとすると、腰を撫でられてまた肉槍を咥えこんでしまう。さっきから何度、終わろうと思ってはまた引き戻されたのだろう。

体を起こそうとしては肉槍が奥を貫くことになってしまい、快楽が心地いいのか、気持ちよすぎて辛いのかわからなくなっていた。

薄暗い天幕のなかで絡みあう裸体というのは、どうしてこんなにも艶めかしいのか。

汗ばんだ肌をもっと感じていたくて、自分から終わらせようとしても触れられるだけで愉悦が湧きおこって止まらなかった。

(なぜこんなことになってしまったのだろう……いや、これがわたしの望みなのかも)

そもそもツェツィとしてはギュンターが魔素汚染になったら、それを癒やすためについてきたわけで、体の関係を持つこと自体を否定する気持ちはない。

「ツェツィ、前に言ったはずだ。戦場で昂ぶった私を誘ったらどうなるかわからないと……それでも構わないと帰らなかったのはツェツィのほうだろう?」

そう言いながら腰を動かすギュンターはずいぶんと色艶がよくなったようだ。

「んんっ、ギュンター自身が戦争に出向いたわけではないのに……はぁ、それでもやはり気持ちが昂ぶるのですか……」

ツェツィは自分の腰に回されたギュンターの手をぎゅっと握りながら尋ねた。

「そうだ。魔素溜まりのなかには人の負の感情が紛れていて……敵を殺せとか魔獣との戦闘で殺戮(さつりく)の衝動が心地よくなってしまった人間の感情が浄化する側にも流れこんでくる。そういう精神の昂ぶりが、性欲に繋がることがある」

「……それで、こんなに激しい……ああ……ッ！」

よく身に染みただろうと言わんばかりに腰を動かされて、肉槍が抽送する感覚にぞくりと背筋に愉悦が走る。ツェツィまで昂ぶりに呑(の)まれて、溺れてしまいそうだ。

（ギュンターがこんなに直接的に欲望を隠さないなんて……魔素溜まりはどれほど巨大だったのだろう？）

気になることはたくさんあったが、すぐに愉悦を掻(か)きたてられてそれどころではなかった。

体を貫かれたまま、下から乳房を揉みしだかれると体中が快楽に目覚めて「あっあっ」という短い嬌声がひっきりなしに唇から零れる。

これを我慢しようとしても、もう堪えきれなかった。

ただでさえ、ギュンターと抱きあうと気分が高揚するのとは別に、ツェツィの壊れかけた体は楽になる。気分がよくなるという、目に見える効果に気持ちまで引きずられるのだろう。誘いを強く断れないでいた。

（つまりこれはわたしの命を救うとともに、ギュンターの体も癒やす一石二鳥の行為なんだか

ら……)

快楽に溺れる自分を理性では認められないから、みっともないくらい言い訳をしてどうにか受け入れている。

(だって気持ちいいし……淫らなギュンターも格好いいし……)

汗に濡れた髪をかきあげるギュンターは大人の色香も漂いつつ、いつもはきっちりした髪がわずかに乱れているところや筋肉質の体がわずかに上気しているところも、目の毒なほど艶っぽい。

こんな推しが画面いっぱいに広がっていたら絶対にスクショして永久保存していた。

(このギュンターを保存しておく方法はこの世界にはどうしてないのかしら)

自分でも少々混乱してしまうくらい推しの魅惑的な姿に惑わされていた。

腰を上下させると、ぐちゅぐちゅと卑猥な音を立てて、自分の体がギュンターの肉槍をむさぼる感覚がする。

「んっ、ンあっ……はぁ……本当に子どもができたら……」

——その子どもと一緒に三年後を迎えられるのだろうか。

——ギュンターと子どもと一緒に笑いあう世界があるのだろうか。

(生きたい……その世界で生きつづけたい……)

ツェツィのそんな感情を知る由もないのにギュンターがやさしい声で言う。

「おまえに似た子どもだといいな。きっとかわいい子が生まれるだろう」

そんな台詞を吐きながら、するりと太腿の柔肌を愛撫するのはずるい。

びくり、と脚から愉悦が広がり、また膣のなかが蠕動する。

「そんな……ギュンターに似た子どものほうがかわいいに決まってます！」

反射的にツェツィがギュンターに覆いかぶさるように訴えると、ちゅっと鼻先に甘いキスを落とされる。

「う……ギュンター……以前はわたしにはキスしないと言いましたよね？」

恨みがましいと思われるかもしれないが、ギュンターからキスをされるたびに、結婚式での一幕を思いだしてしまい、ツェツィは複雑な気持ちになっていた。

「そうだったか？　ツェツィは意外と根に持つほうなんだな？　じゃあ今後はキスはなしにしようか？」

そんなこと言いながらも、ツェツィの髪に挿し入れられた指先は甘く髪を梳いていく。

「うっ……もし、ギュンターがわたしにキスしないと言うなら、今度はわたしからキスしますから大丈夫……」

ツェツィは観念したようにギュンターの鼻先にキスを返す。

「んンっ、でも、もぉ……本当に限界……ギュンター……ギュンター……ンあぁ……ッ！」

きゅっと指先で乳頭をつまみあげられると、触れられているのは胸なのに、なぜか体の芯が熱くなる。

「ツェツィ、ほら子どものために頑張って……腰を上げて、力を抜いて……そうだ。上手にできるじゃないか」

抽送のたびに、ぐちゅぐちゅと粘ついた液が立てる音で理性が麻痺してくるのがわかる。

奥を突かれるたびに頭のなかで星が飛ぶように快楽が涌きおこり、びくびくと腰が揺れる。

「……く、出すぞ……ツェツィ、一緒に……」

精を出されたのと、ツェツィが快楽に上りつめるのとどちらが早かったのだろう。

ふわりと気分がよくなったの次の瞬間には果ててしまい、もうわずかにも体を動かせそうになかった。

† † †

「んんっ、ギュンターもう……せめて寝具に行ってからにしてください……あぁンっ」

天幕に戻ってくるなり夫から襲われ、いくら新婚とはいえ、入口でいたすのはいかがなものだろうかと、しあわせな悩みに唸ってしまう。

（うれしいけど……やっぱり困る……！）

背後から襲ってきて、スカートをたくしあげたギュンターは普段の紳士的な彼とは別人のようだ。ツェツィのドレスの前をはだけさせ、コルセットをゆるませたかと思うと、まろびでた胸を掴んでくる。

「今日は……我慢できない、ツェツィ……」

体の奥から強く情動が湧きおこるのは、どうやらギュンターの体がより切実に欠損した神聖力を求めているからのようだ。

（これが体が楽になるための行為でも構わない……わたしは……）

——わたしの神聖力をすべてギュンターにあげるから。

「んっ、ンぁあ……ッ——あぁっ、あっ、あっ……——ッ」

せわしなく肉槍を後ろから突かれて、それでもツェツィの体はなんなく受け入れていた。

戦場に来てからすでに十日が経っていたが、その間も毎日のようにギュンターに抱かれていたからだ。

抽送を激しくする合間に、ツェツィの波打つローズピンクの髪をかきあげて、うなじにちゅっとキスを落とすのは器用だと思う。

「この間はもうキスしないって言ったくせに……」

「そうだったか？　でも、唇にキスするのとツェツィが私のものだという痕をつけるのは別だろう？」

そんな屁理屈をこねながら、きつくうなじを吸いあげてくる。

「ふ、ぅ……んんっ、わたしがギュンターのものなのと同じぐらい……ギュンターもわたしのものなんですからね？」

「……当然だ。ツェツィ」

首筋に薄紫の跡がついていたら、しばらく髪を結いあげられないだろうなと思いながら、抽送に意識が飛びそうになる。

「あっ、あぁっ……今日のギュンター……激し……ふぁ、ンぁああん……――――ッ」

どれだけ浄化を繰り返してきたのだろう。

魔素溜まりがいくつもあるという話は聞いていたけれど、こんなに毎日、浄化が必要なほどだと思わなかった。魔素溜まりがなくなったところから結界を浄化して修復もしているはずだから、十日間、毎日のように魔素溜まりを浄化していたわけではないはずだ。

（聖者の追加要請をしていたはずだし、結界の修復はほかの聖者がしているのかもしれないけど……）

それにしたって、ギュンターの神聖力の減り具合は異常だった。

先日、左腹が真っ黒になっていたときのように、激しい欠損を毎日のように抱えて帰ってきて、すぐにツェツィが回復したからこそ翌日も出かけられるといった有様だった。

何度かツェツィが回復したしたせいで、ギュンターの体が慣れてきたらしい。

すぐに回復したせいか、体が拒絶反応を起こして熱を出すこともなく、毎日悔しいくらい艶々とした元気いっぱいの様子で出かけていく。

自分とえっちしたせいで推しがさらに絶倫になるなんて、なんだかもやもやする気持ちもあるが、やはりうれしい気持ちのほうが大きい。

一方で、行為を重ねれば重ねるほど、当然のように、ツェツィの体のなかに荒ぶっていた神聖力は吸いとられて失われていった。

「ああっ……——あぁ——……ッ！」

天幕の入口で果てたツェツィをギュンターがベッドまで運んでくれる。

彼に知られてはならない。

果てたあと自分で歩けないほど体がよろめくのは、決して行為のせいで体が疲れただけではないのだと。

そんなふうにして過ごしていたある日、激しい戦闘が起きたとのことで、また傷病兵がたくさん運びこまれ、ツェツィとベティも看護で走り回っていたときだった。

「あまりにも倒れている兵士が多いな……担架も足りない上、救護天幕もベッドが埋まっている。新たな看護用天幕を立てられるかどうか、上にかけあってくる……重傷者とそうでないものがすぐわかるように印をつけておいてくれ」

しゃがれ声の医官はツェツィとベティにそう言うと、軍営地の奥へと走っていった。

入るところもない傷病兵たちは、入口の前に固まって倒れていた。血と汗の臭いと、それらが染みこんだ服の臭いとがあたりに充満している。

倒れている人数が多くて、なにからはじめたらいいのかわからない酷さだ。

「じゃあ……声をかけて応答がある人にまずは印をつけていきましょう。補給物資を包んでいた赤い布があったわね。あれを裂いて腕に巻きましょう」

過酷なようだが、戦場での選別（トリアージ）はなるべく生存の確率が高い人が優先だ。

医官はひとりしかおらず、助手もふたりしかいない。

ツェツィとベティができる作業など知れているし、誰が助かるかもわからない。

それでも手近なところから声をかけ、反応があった人の腕に赤い布を巻いていると、

「うわぁぁ、に、逃げろ！」

という叫び声につづいて、「ぎゃあああああっ」という凄まじい悲鳴が聞こえてきた。

声がしたほうを振り向くと、遠目にもあきらかに空が歪んで見えた。

まるで空に大きな穴が開いたかのようだ。雲の形が歪んだところから黒い裂け目が広がり、暗雲が周囲に立ちこめる。

その裂け目から獣にしては大きな黒い翼がひとはばたきして、突風が涌きおこった。

「うっ、あれは……魔獣!?」

鳥の首と大きな翼を持つ四肢の獣――異形の魔獣が空を滑空してきた。

「きゃあああああっ」

ベティが大きな悲鳴をあげたのは、彼女が狙われたからではなかった。

魔獣は大きなかぎ爪を開き、その先端を真っすぐにツェツィに向けて飛んできたのだ。

近くに倒れていた傷病兵に覆いかぶさるようにして体を屈める。間一髪、最初の攻撃を免れたが、後ろにまとめていたローズピンクの髪がわずかに千切れ、風で舞いあがった。

「もしかして……」

――わたしを狙っているの？

魔素溜まりから生まれたのに、相反する神聖力の存在を感じとれるのだろうか。

（もしそうだと仮定するなら、逆に魔獣の気をこちらに引けるかもしれない）

ツェツィは入口を埋め尽くす傷病兵を避け、軍営地を離れるようにして走りだした。

すると予想どおり、翼を持つ魔獣は、本来、魔獣たちが好む血と汚臭がする傷病兵よりも、ツェツィのほうを追いかけてくる。

（できるかぎり引き離さないと……あんな大きな魔獣に襲われたら助かる人も助からない！）

かつてツェツィが見たことがある魔獣はもっと小型で、普通の獣より一回り大きいくらいだった。その魔獣でさえ、兵士たちが仕留めるのに大変だったのを覚えている。

（それなのに、あの魔獣の大きさは……戦争の規模が大きくなったせい？）

ギュンターがどんなに魔素溜まりを浄化しても大規模な戦闘が起きれば、人間の負の感情は強くなる。

相手を殺したいとか、仲間を殺されたから復讐(ふくしゅう)したいとか――そういう感情が次から次へと大きくなり、魔獣を呼ぶのだと言う。

前世の感覚では、そんな理不尽なと思うけれど、これがこの世界の現実だった。

（やっぱりわたしは死ぬ運命なの？　死にたくない……こんなところで、推しにも会わないまま死にたくない……！）

必死に逃げても体格差はゆうに五倍以上ある。

翼を広げた魔獣は軽く十メートルは超えそうな大きさだった。

そんな体格差がありながら、走り回って逃げたところでたかが知れている。追いまわされて疲れてきたところで、ツェツィは草に足をとられて転んでしまった。

また魔獣が天高く舞いあがり、空中で器用に反転する。神聖力を感じとる能力があるだけあって、ただ図体(ずうたい)が大きいだけではなく、賢いらしい。

急降下の勢いを借りて攻撃してきた。

（やられる……ッ）

身を固くしたツェツィが、鋭い爪が肌に食いこむ感触に耐えようとしたときだった。

「ツェツィ、そのまま身を伏せていろ！　聖獣オルキヌスよ、聖なる翼で風を起こし、聖なる鱗で邪を退けたまえ！」

ぱあっとあたりに青白い光が放たれ、魔獣の爪がツェツィに届く寸前で、防いでいた。

ガツンッと硬いものにぶつかった音がしたと思うと、魔獣が「グェエエエエエッ」と濁った奇声をあげる。

普通の獣と同じ、苛立ったときの声だった。

「聖獣オルキヌスに祈りを捧げる。この世界を魔獣に明けわたすことなし。光る風、高き蒼穹(そうきゅう)、豊かな大海――実りをなす大地をあまねく聖なる光で満たしたまえ」

ギュンターが聖典を掲げながら聖句を唱えると、突然、青い光が鞭がしなるように魔獣の体に巻きつき、その動きを封じた。

「我らの祈りを持って——邪よ、四散せよ」

その言葉を最後に、魔獣が塵となって飛び散った。

実際に四散したというのに、肉片は散ったそばから黒紫の煙となって消えていく。

発生するときも空間の歪みから現れたせいだろうか。あれだけ大きな体も翼も、地面に落ちてくる気配はない。

魔獣というのは現実の質量とは違う法則でできているようだった。

自分を守っていた結界が消失すると同時に、ツェツィは膝をついたギュンターに向かって走りだした。

「ギュンター！」

「顔が真っ白です、ギュンター……魔素溜まりを浄化したすぐあとなのでしょう？　ただでさえ、あなたの能力は攻撃型ではないはず。なんて無茶なことを……」

ギュンターの体に抱きつくと、服の上からでもはっきりと震えているのがわかる。

「なにを馬鹿なこと言って……妻を守れない枢機卿なんて……そんな肩書き、持っていても仕方ないではない、か……」

その言葉を最後にギュンターはその場で倒れてしまった。

「ギュンターぁぁぁ！　いやぁぁぁぁぁっ」

† † †

「クレヴィング枢機卿猊下が倒れた！」

その叫び声は軍営地に大きく響きわたった。

聖者を何人も失ったあと、たったひとりで魔素溜まりの浄化に奔走していたギュンターは、兵士からずいぶんと慕われていたらしい。

倒れていた兵士までが足を引きずりながらも道を空けてくれた。

「救護天幕ではなくて、ギュンターの天幕に運んで……お願い。わたしが看るから！」

体格がいいギュンターをトーマスと士官が担架に乗せるだけで一苦労だったが、運ぶのも大変だった。

途中から医官までもが手伝って、どうにか天幕のなかの寝具まで運んでくれる。

ベティが先回りして、入口の布を巻きあげておいてくれたので、すばやくギュンターを寝かせることができた。

「おうかがいしたいのですが、魔獣を倒す前に、ギュンターはどのくらい浄化の任務を行っていたのでしょう？　それとも結界の浄化だけでしたか？」

ツェツィは、心配そうな顔で立っている補給士官に訪ねた。

（毎日のように魔素溜まりを浄化していたのだから、もう大きな魔素溜まりはないはず――）

祈るような気持ちで士官の顔を見つめたけれど、苦い表情で首を振られただけだった。

「今日もまた大きな戦闘があり、我が軍がかろうじて勝ったのですが……その近くに大きな魔素溜まりが三つもできていまして……結界を壊しかねないということで、クレヴィング枢機卿猊下がどうしても浄化したいとおっしゃって……」

歯切れの悪い士官の言葉を聞いて、ツェツィは頭を殴られたかのような衝撃を受けた。

「一日に三つも魔素溜まりを浄化していたのですか⁉　聖教会の法では魔素溜まりをひとつ浄化したら、一ヶ月は聖教会で休養することになってますよね？」

それで前回は王宮からの要請を断れたのだから、ツェツィの記憶は間違っていないはずだ。

骨張った冷たい手にすがるようにさらに強く握りしめる。

「ううっ……はい。奥さまのおっしゃるとおりです。本来なら、こんなにたくさんの魔素溜まりを一度に浄化することは聖教会で認められていません……しかし、アスト王国側に聖者がいないせいか、魔素溜まりが非常に大きく、またすぐにできてしまうので、クレヴィング枢機卿猊下が早く浄化しないと危険だとおっしゃって……申し訳ありません！　私たちが猊下の好意に甘えてしまったがゆえに……猊下が……猊下が……」

このところずっとギュンターを案内していた士官は、半分、涙声になっていた。

夕刻ギュンターが帰ってきたとき、なにをしてきたのとツェツィが尋ねると、ギュンターはいつも微笑(ほほえ)むだけで答えてはくれなかった。

だからツェツィもあえて深く追及せずに、ただ彼を癒やすことに専念していた。

（毎日、体を重ねることで回復している様子だったから大丈夫だと思っていたのに……）

――ギュンターが体を壊すという未来は変えられないのかもしれない。

それればかりか、ツェツィが中途半端に彼の運命に介入してしまったがゆえに、予定より早くに死にかけているのだ。

真っ白な顔で倒れているギュンターを見ると、どきりと心臓が嫌な冷たさを伴って跳ねる。

初めて彼の肌が変色しているのを見た日もそうだった。

本来ならツェツィとは顔も合わせなかったはずの初夜で、房事をすませたからこそ、体が軽くなったギュンターはなおさら仕事を重ねてしまい、予定が大幅に変わった。

結果的に王宮の呼びだしで具合が悪くなってしまったのだった。

「もしかして今回も同じこと？」

冷や汗を浮かべるギュンターの額に布を当てながら、ツェツィは自分の唇が震えるのを感じていた。

(最初にギュンターがこの戦場に来たとき、ギュンターの具合が悪くなって動けなくなるようなら、そこで今回の任務を終わりだったはず……でも、わたしが毎日、ギュンターを癒やしつづけてしまったから……)

——ギュンターは自分の能力以上に魔素溜まりを浄化して、倒れてしまった。

「クレヴィング枢機卿のおかげで、結界のほうは新たに派遣された聖者が無事に浄化できたようです。アスト王国は今日の撃退でかなりのダメージを負い、和平交渉に応じてくれそうな様子との吉報もあります。そうなればしばらくは平穏が保たれるはずです」

「平穏……それこそがギュンターの望んでいたことだったのですね……」

真っ白な顔は苦痛に歪んでいるというより、どこか満足しているようにも見える。

(穏やかでやさしいわたしの旦那さま。自分の命よりも平和を優先するなんて……どこまでやさしい人なの)

——やさしくて、意志の強い人。

ツェツィは冷や汗を浮かべる額に、彼の働きをいたわるようにそっとキスを落とした。

「ギュンターは毎日いつ倒れても不思議はないくらいの神聖力を消耗して任務をこなし、帰ってきたのですね……」

――わたしが待っていると言ったから……。

――笑顔でいってらっしゃいと送りだしてしまったから。

ツェツィの呟きに士官はひたすら頭を下げていた。

彼の様子からは、こんな状態になったギュンターはもう助からないと思っているのが、まざまざと伝わってくる。

聖教会の人間ではないが、戦場にいて長い兵士なら、聖者の顔色や状態を見れば、どれだけ具合が悪いのか、身に染みてよくわかっているのだろう。

ぐったりと横たわるギュンターの鼓動は、いまにも消えいりそうなほどの反応が弱い。

「みんな、天幕の外に出て……わたしがいいと言うまで入ってこないで」

ツェツィが宣言すると、士官はまるで自分が死亡通告を受けたかのように、びくり、と大きく身を震わせた。トーマスが彼をなだめながら出口へと向かう。

侍従の彼はなにかを察していたのだろうか。

「奥さま……どうか旦那さまをよろしくお願いします」

そう言って、天幕を出ていった。

枢機卿の天幕は上級士官や将軍と同じような作りをしていて、入口が二重になっている。

きっちりと天幕の入口がふたつとも閉まる音を聞いて、ツェツィはまずギュンターの肩掛けを外し、上着も脱がせた。

意識はほとんどないように見えて、ツェツィの声は聞こえるようだ。

「ギュンター、右肩を上げて」

だとか、

「上着を脱がせるから体を動かして」

などという言葉にはわずかに反応して体の力を加減してくれる。まるで高熱にうなされた患者のようだった。

「ギュンターしっかりして……わたしの声を聞いて……」

トラウザーズのボタンを外しながら、ツェツィは何度も名前を呼んだ。

全身が色を失ったように真っ白ななか、左腹だけが黒く変色しはじめていた。どうやら、ギュンターが神聖力を失うと一番に影響が出るのが左腹らしい。

ちゅっ、と変色した場所に口づけると、びくん、とギュンターの体が身じろぎする。

「ギュンター……死なないで、ギュンター……」

ツェツィは呟きながら、ギュンターの腹から臍周りへ、それからいまはうなだれたままの肉槍へと唇を這わせていった。

口腔で萎えた肉槍を咥えると、びくりと横たわったギュンターの肢体が蠢く。

それはいい傾向なのだと信じて、引っかかりに舌を這わせる。

「んっ、反応して……ギュンター……」

お腹や臍周りを撫でながら、肉槍を口腔から出しいれする。

いつもはなんだかんだ言いながら、経験のないツェツィをギュンターが導いてくれていた。

こんなふうに動かない状態の彼を襲うのは初めてだ。

(最近はどちらかと言うと、ギュンターから襲われてばかりいたし……)

親しい間柄特有の、その距離の近さを楽しんでもいた。

いまでもギュンターは推しでもあるが、ゲームのなかにしか存在しない二次元だったころとは違う。生きて会話をする存在としてのギュンターに恋をしていた。

包容力があってツェツィが言う我が儘も、突然、口のなかにサンドイッチを押しこむような無茶ぶりも許してくれる、そんなやさしい旦那さまが好きだ。

「死なないで……ギュンター……！」

――これは自分がゲームの運命に逆らって生きようとした罰だろうか。

もしかすると、ギュンターと交わることでツェツィの運命が変わり、もう死ななくなったのかもしれない。

その場合、等価交換のように、自分ひとりの命が助かる代わりに、誰かが死んでしまうのかもしれない。

もしその相手がギュンターだというのなら、それはダメだ。

「推しをいま死なせるくらいなら、わたしが死を受け入れるから……んっ」

手でも扱いているうちに少しずつ固くなってきた肉槍を、ドロワーズを脱いだ自分の体にあてがう。

異物が体を貫く感覚はもうとっくに馴染んだものになっていた。

「はぁ、あぁ……ギュンター……わたしを感じて……」

先日、笑いながらツェツィが上になって交わったときのことを思いだす。

あのとき、ギュンターはとても元気で、こんなふうに急に意識がなくなるなんて想像もしていなかった。

「大好き、ギュンター……わたしの神聖力を全部あげるから……目を開けて」

そう言ってツェツィは体を折り、冷たくなったギュンターの唇にそっとキスをした。

——ああ、わたしの体を壊すほどの神聖力もギュンターにすべてあげてしまったら、尽きてしまうのね……。

そう予感しながらも、ツェツィは流れだす神聖力を止めなかった。

第七章　いつからこんなに愛していたのか

ギュンターが目を覚ましたとき、傍らにいたツェツィはまだ意識があった。

「あ……ギュン……ター……？　目を覚ましたのね……よかった……」

途切れ途切れに話す彼女はあきらかに体調がよくなくて、起きようとしてもままならない様子だった。ぐらりと傾ぐ体をギュンターがあわてて支えた。

どういうわけか、ツェツィの衣服は乱れている。自分が脱がせたのだろうかと思い返してもその記憶はない。

「ツェツィ、怪我をしているのか？　まさかさっきの魔獣にやられて……ツェツィ？」

華奢な体がぐったりと腕に寄りかかり、彼女の瞼が力なく閉じそうになる。意識が途切れたら危険だという警戒感から、あわてて名前を呼んだ。

そこで初めて魔獣と戦ったことを思いだし、自分の潰えかけていたはずの神聖力がいまも体のなかにしっかりと残っていることに驚いた。

（魔素溜まりを浄化したあとで結界を張って風を呼んで……あれだけの恩寵（ギフト）を行使したはずなのに、体に魔素汚染の気配がないなんて……）

――おかしい。

「ツェツィ……？　いったい、おまえは私になにをしたんだ？　なぜ私はこんなにも体が軽くて、代わりにツェツィが倒れかかっているんだ⁉」

これまでにも何度もおかしいと思っていた。

魔素溜まりをいくつも浄化して、普通ならとっくに寝こんでいるはずなのに、なぜか体調がよかった。まるでこの戦争のために、聖獣オルキヌスが力を貸してくれたのではないかと勘違いするほどだった。

（考えてみたら体が軽くなったのは……決まってツェツィと交わったあとだった……）

ありえないはずの事実にいまさらながら気づいて、それでも信じたくない自分がまだいた。

「まさか、おまえが軍営地でも毎日のように私を求めてきたのは……」

ただ負の感情に支配されそうになるギュンターを許してくれていただけじゃなかったのか。

「大、丈夫……ギュンター……の体が、魔素、汚染される、前に……神聖力、補充した、か、ら……」

いったいなにが大丈夫なのか。それだけ言うと、ツェツィの唇は動かなくなった。顔にかかったローズピンクの髪をかきあげても、ぴくりとも反応しない。

「ツェツィ、目を開けろ……おい、ツェツィ……どういうことだ、これは。なぜおまえの体がこんなにも……魔素汚染されたかのように冷たいんだ……?」

こうなって初めて、ギュンターはツェツィのことをろくに知らないということに気づいた。

彼女がアンハルト公爵令嬢だったこと、母親が亡くなり、実の父親と義理の母親、そして異母妹に苦しめられていたことは知っている。

しかし、それだけだった。彼女がなにが好きで、なにを考えていたのか。

たまにわけのわからない言葉を話すのは年齢の相違なのだろうと気にかけてこなかったが、それだけにしては彼女の思考はギュンターにはついていけなかった。どうして、わざわざ戦場にまでギュンターを追いかけて来たのかの詳細を知ろうとはしなかった。

「ただ新婚だからついてきたというにはやけに切実な様子だったから、ついおまえの同行を許してしまったが……私が間違っていたのではないか……」

魔獣を倒すことはできても、冷たくなっていく妻の体を癒やす術をギュンターは持たない。

「そうだ……癒やしの力を持つ聖者なら……!」

ギュンターは立ちあがり、自分が寝ていた場所へツェツィの体を横たえると、その額に軽くキスを落とした。

「行ってくるよ、ツェツィ……絶対に君を死なせはしない」

真っ白な顔で眠る妻にそう囁いて、ギュンターは天幕の外へ出ていった。

「トーマス！　トーマスはいるか⁉」

外へ出て叫ぶと、侍従はそう遠くないところで補給士官と話をしていた。ギュンターの顔を見て、ぎょっとした表情を浮かべる。

「旦那さま！　起きていらして大丈夫なのですか？　さっきまであんなに真っ白な顔をしていらしたのに……こんな短い時間でお体がよくなるものなのですか？」

彼は何度もギュンターの任務についてきていたからだろう。一度倒れたギュンターが簡単に回復しないことをよくわかっていた。

「それが……よくわからないが私は大丈夫だ。どうやらツェツィのおかげで助かったらしい」

「奥さまが？　ああ、聖なる翼と聖なる鱗にかけて……聖獣オルキヌスよ、ありがとうございます。奥さまをクレヴィング伯爵家に使わしてくださったことを感謝します」

トーマスが手を組んで祈りの言葉を唱えるのを聞きながら、ギュンターも同じ気持ちになった。

（――聖獣オルキヌスがツェツィをクレヴィング伯爵家に使わしてくださった……トーマスの言うとおりだ。こんな不思議なことは神の奇跡という以外に言いようがない）

しかし、その奇跡には代償があったのだ。祈りを捧げるトーマスの意識を引きよせるように、その肩をギュンターが掴む。

「感謝するのはいいのだが……彼女の容態がおかしいんだ。魔獣を倒したのは私のはずなのに、まるでツェツィのほうが魔素汚染に遭っているかのように意識を失ってしまった……誰か、この近くに癒やしの力を持つ聖者がいるかどうか知らないか？」

トーマスだけでなく、近くにいた補給士官や集まっていたほかの兵士たちにも問いかけるように顔を見まわした。

しかし、ギュンターと目を合わせると、みんな困ったように首を振ってくる。

答えたのはしゃがれ声の医官だけだった。

「癒やしの力を持つ聖者なんてものが存在するなら、真っ先にこの戦場に送られてくるでしょうよ……聖獣オルキヌスを否定するわけじゃないが、自分だけでなく他人の病や怪我を治すなんて能力は人間の分を超えている」

日々、兵士の生死と向きあう医官から言われるには重たい言葉だった。言いだしたギュンターでさえ、なにも言い返せないでいると、トーマスがおずおずと手を上げた。

「猊下、聖者のことなら聖教会で聞いてみるほうがよいのではありませんか。私が近くの聖教会に行き、訊ねてまいります。奥さまは旦那さまのことをひどく心配しておられました。どうかそばにいてあげてください」

トーマスの台詞に深くうなずいたのは医官だった。

「まぁ、そうだな……聖者なんてものは必ずしも戦場にだけいるわけじゃない。国境近くの聖教会には結界浄化のための聖者がいるだろうし……じゃあ俺は兵士たちに聞いてみよう。正規の軍人だけでなく、あちこちから集められた志願兵もいる。土地のものしか知らない話を知ってるかもしれない」

医官はそう言って軍営地のどこかへ去っていった。

ギュンターは天幕のなかに戻り、冷たいツェツィの手を握りしめる。

「結局、私は待つことしかできないのか……ツェツィ。おまえを残して私が任務に出かけたとき、ツェツィもこんな気持ちだったのか？」

自分たちも時間をかけてこの国境近くの戦場までやってきたから、よく知っている。

一番近い時空跳躍（ワープ）ができる聖教会までどんなに急いでも三日はかかる。

（その間にツェツィがもし亡くなってしまったら私は……どうしたらいいんだ）

「おまえからこんなにもたくさんの贈り物をもらったというのに、私はまだなにも返せていないんだ……ツェツィ」

手を握りしめて名前を呼ぶしかないそんな時間がどれだけ経ったのだろう。

「――……か、枢機卿猊下……！　起きてください。ベッドに入らずに適当に寝ていたら風邪を引きますよ」

ツェツィに話しかけながら、いつのまにか眠ってしまったらしい。

肩を揺さぶられる衝撃で目が覚めた。

振り向けば、しゃがれ声の医官が必死にギュンターを起こしていた。

「気になることを言う兵士がいるんです……俺には判断しかねるので、クレヴィング枢機卿猊下に直接話を聞いてもらったほうがいいと思いまして……呼びにうかがいました」

その言葉にはっと目が覚めた。

医官を追いかけるようにして、その兵士を呼びだしたという天幕へ向かう。

「はい……私の村には変わった少女がおりました。たまに他人の傷を癒やしたり、聖教会の回りに結界を張ったり……力のコントロールができない、まだ幼い少女でして。中央の貴族に目をつけられると危険だからということで聖教会の聖者さまが匿（かくま）っておりました」

兵士の話を聞いて、ギュンターは彼に詰め寄った。

「その聖教会はどこだ⁉　ここから遠いのか？」

「いえ……いまもそこにいるかはわかりませんが、この戦争で閉鎖された聖教会のひとつです。

ここからなら馬で一日もあれば着くかと」

「わかった……おまえは動けるのだな？　私を案内してくれ」

ギュンターの言葉に医官のほうがぎょっとする。

「猊下、このあたりは戦場に近く、いくら和平交渉が進むかもしれないと言っても、まだ隣国の兵士がうろついているかもしれません。危険ですよ」

「その危険な場所に住んでいるものもいるのだろう？　それに、聖教会の聖者が匿っている少女に来てほしいと頼むのだから、私自らが説明したほうが来てもらえる可能性が高いはずだ」

ギュンターとしてはこの役目を他人に譲るつもりはなかった。もし、ここでただ待っていて結果的にその少女に来てもらえなかったとしたら、その絶望のほうが深い。

（それぐらいなら、できることはなんでもやったほうがましだ……）

旅支度を調えて天幕を出ると、どこかしら軍営地がざわついている。

妙に緊張した様子は、出撃命令が出たときのざわめきとはなにかが違っていた。緊張感のなかに明るい期待が入りまじっている。

「もしかしてトーマスが戻ってきたのか……？」

（彼が癒やしの聖者を見つけてきたのだとしたら――）

こんなに早く帰ってくるわけがないとは思いつつ、馬車が軍営地の前に着いたのを見て、これでツェツィが助かるかもしれないという期待のほうが上回った。

しかし、その期待は、現れた人物を見て打ち砕かれた。

ギュンターが見間違えるはずはない。馬車から降りてきたのは、政敵でありツェツィの父親でもあるアンハルト公爵だった。

アンハルト公爵は集まった兵士たちのなかにめざとくギュンターの顔を見つけると、胸に手を当てて慇懃無礼な挨拶をする。

「これはこれは……クレヴィング枢機卿猊下ではありませんか。こんなところでお会いするとは……枢機卿猊下にご挨拶申しあげます」

「挨拶など私たちの間には不要ではないのか？　遠路はるばるなにをしに来た。兵士の士気を鼓舞するために前線を慰問に来るようなアンハルト公爵ではあるまい」

嫌みに反応してしまったのは、いまのギュンターに余裕がないからだ。ツェツィの命が危ないときに、その元凶とも言える彼女の父親と呑気に会話をする気分ではなかった。

「少し前から、水面下で和平交渉のためのやりとりが進んでおりまして……まずは暫定的な停戦協定を結ぶために国王陛下の代理でやってきたのですよ」

その言葉は士官から聞いた情報とも合っていた。

上層部はこの戦争が泥沼だと理解はしていたのだろう。戦争をつづければつづけるほど魔素溜まりが増え、敵の兵士だけではなく涌きおこる魔獣の相手もしなくてはならない。

下級の兵士たちには敵国を攻めろと命じておきながら、その裏で、国の中枢部は停戦を模索していたことになる。

(死んでしまった兵士たちが浮かばれない……聖獣オルキヌスよ。どうか彼らの魂に新たな翼をお与えください……)

手を組んで心のなかで祈っていると、ギュンターが元気に動いているのがよほど意外だったのだろう。

「ずいぶんと激しい戦闘があったと聞いていたので、魔素溜まりが酷かったのではないかと思うが……枢機卿猊下はよほど神聖力がお強いのですな」

アンハルト公爵は、じろじろとぶしつけな視線でギュンターの様子を確認しながら言う。

その言葉で、やはりと思った。

「貴様……これほど多くの魔素溜まりが発生すると知っていて、前線から何度も送られていた聖者の追加要請を握りつぶしていたんだな」

初めのうちに結界を回復させにやってきた聖者は、ギュンターが来るより前に出されていた追加要請でハウンド平原にやってきた。そのあとはいくら要請を出しても、のらりくらりと拒否され、結界の回復も魔素溜まりの浄化もほとんどギュンターがひとりで奮闘していた。

アンハルト公爵の手口はよく知っている。

ギュンターが魔素溜まりを放置できない性格だと知っていて、追加の聖者を送らせないように裏で手を回し、婉曲的にギュンターを死に追いやるように目論んでいたのだろう。

(おかしいと気づいていたはずなのに、ツェツィに癒やされて体が軽かったせいで、その疑問を頭の片隅に追いやってしまった。きちんと考えればわかるはずだったのに)

「もし、ツェツィがいなかったら……」

――私はとっくに魔素汚染で体を壊していた。

「娘がどうか? まぁ、泣き帰ってこなかったところを見ると、クレヴィング伯爵家に居着いたようですな。なんの取り柄もない娘でも追いだせないのがクレヴィング枢機卿の情けということですか……ええ、当家としては感謝しております」

踵を返そうとしたギュンターの背を追いかけるようにしてかけられたアンハルト公爵の言葉に、ギュンターはぴくりと足を止めた。

「なんの取り柄もない娘……か」

「そのとおりだ。屋敷に住まわせ、衣食住を与えて育ててやっただけでも感謝してほしいくらいだ。帳簿付けくらいは手伝わせていたが、ほとんどただ飯食らいだったのだからな」

ギュンターは歯を食いしばって反論したいのを耐えた。それは彼が意図せず、ギュンターが欲しい情報を漏らしてくれたせいもある。

(やはり、アンハルト公爵もツェツィの能力のことは知らないのか……いや知っていたらこの男のことだ。手元から離さなかったに違いない)

そう思うと、『わたしはツェツィーリア・イリス・フォン・アンハルトです』と毅然とした態度で反論したときのツェツィの姿がよみがえった。

おそらく彼女は父親に自分の能力のことを話したら、利用されるだけで終わるとわかっていたのだろう。

「行こう、君。ここで遊んでる時間がもったいない」

ギュンターは案内の兵士をうながすようにして今度こそ歩きだした。

(いままで私はなにを見ていたのか……ツェツィに早く会いたい……彼女に微笑んでほしい、もう一度……)

アンハルト公爵はまだなにか言いたそうにしていたが、ギュンターは背中でそれを撥ねつけた。

用意された馬が入口に引いてこられ、地図を見ながら兵士と簡単な打ち合わせをする。

「途中の村で補給できるかわかりませんから往復分の水と食料は持っていきましょう」

国境に近い村の出身だからだろうか。兵士はこういうことには慣れているようだ。

てきぱきとした指示を出して、荷物を馬にくくりつけている。

戦場となっているハウンド平原は四方を丘に囲まれている。その丘を越え、街道を外れて荒れ地がつづく道を行く。

平原の荒野とは違う。一度は人の手で開墾されたものの、戦争で放棄されたとおぼしき耕作地もあった。

畑らしきものが多くなってきたころには西の空が赤くなっていた。

地理に詳しい兵士に案内されたというのもあるのだろう。魔素溜まりを浄化するために平原を走り回っていた日々と比べれば、あっけないほど簡単に彼の言う村に辿り着いた。

ギュンターが国境を守っていたという評判は、村にも届いていたらしい。

当初考えていたように冷たい扱いを受けることもなく、また顔見知りだという兵士が口利きをしてくれたからだろう。

すぐに、聖教会を守る聖者にも会えた。

ギュンターが兵士と一緒にやってきた理由を説明すると、

「猊下は奥さまが倒れた原因が神聖力がなくなったからだと考えておられるのですね。この子の能力はまだ不安定でお役に立てるかはわかりませんが……」

閉鎖されていた聖教会付きの聖者は迷うような視線で少女とギュンターを見比べている。

その聖者の迷う様子とは正反対に、ローブを掴んで気を引く少女は、はきはきとした声で言った。

「私、行ってみます。だってクレヴィング枢機卿猊下が国境を守ってくださったおかげで、今回は魔獣の被害がなかったんだもの」

「そうか。では、猊下……くれぐれもこの子の能力は内密にお願いします。でも、今日はもう外を出歩くのは無謀な時間です。今夜はこの村にお泊まりください」

そう言われ、急いで帰りたい気持ちが強くても否定できなかった。

なにより、中央の聖教会にも隠している大事な少女を借りていくのだから、彼女に危険があってはならないと自分に言い聞かせるしかなかった。

――翌朝。朝早く出発したおかげで、日が暮れる前には少女を連れて軍営地まで戻ってくることができた。

アンハルト公爵はどうやらアスト王国側の貴族と停戦交渉しているようで、ギュンターが戻ったときには顔を合わせなくて幸いだった。

兵士から少女を隠すようにして軍営地を通り抜ける。

ツェツィが眠る天幕へと少女を案内すると、彼女は少し驚いたようだった。

「おねえさん……ねむっているの？」

その語りかけは、子どもらしいあどけなさがありながらも、すでに祈りの一部のようでもあった。眠っているだけならどんなにいいことかと内心で思いつつ、ギュンターは少女がやろうとすることを邪魔しないように、ただ見守っていた。

「まっててね。私がおねえさんをたすけてあげる」

荷物のなかから少女の体と比して大きすぎる聖典をとりだすと、ツェツィの胸に載せ、祈りの聖句を唱えはじめた。

「聖獣オルキヌスが聖なる翼で風を起こし、聖なる鱗で守るこの世界に、光は生まれました。実りをなす大地の恵み、光る風、高き蒼穹、豊かな大海——その光がええと……このおねえさんの名前は？」

よどみなく聖句を唱えていた少女はその瞬間だけ幼い子どもに戻り、たどたどしい声で尋ねてくる。

「ツェツィーリアだ。ツェツィーリア・イリス・フォン・クレヴィング……長かったらツェツィでもいい」

「うん。じゃあ、ツェツィ！　聖獣オルキヌスの恵み、聖なる光がツェツィという器に満たされますように……」

——それはまさに奇跡だった。

まるで蚕が糸を紡ぐように、光の糸が幾重にもツェツィの周囲を巡り、彼女を包んでいく。

誰が見ても疑いようもなく、彼女という器に光が満たされていくのがわかる。

光は彼女の全身を包んだかと思うと、きらきらと輝きながら、徐々にツェツィのなかに吸いこまれていった。その最後のきらめきがツェツィの口元に吸いこまれていくと、ぴくり、とローズピンクの睫毛（まつげ）が震える。

「ツェツィ！」

彼女のはしばみ色の瞳が開くようにと、ギュンターは祈るように名前を叫んだのだった。

†　†　†

名前を呼ばれた気がして、ツェツィが目を覚ました。

「ん……ギュンター？」

声を出そうとすると、のどが妙に渇いている。

しゃがれた声に気づいて、ギュンターが水差しからコップに水を注ぎ、体を抱えるようにして水を飲ませてくれた。

（あれ？　わたしいったいどうしていたんだっけ？　なにかしている間に眠っちゃった？）

意識を失う前になにをしていたのかが思いだなくて、ツェツィがとまどっていると、

「あ、おねえさんおきた」

そばにいた見知らぬ少女が声をあげた。

ツェツィはいきなり現れた少女に驚きながらも、かすかな引っかかりを覚えて、その顔を凝視した。

おかっぱで愛嬌のある顔立ちの少女はどこか見覚えがある。

生成りのブラウスに編みあげがついたジャンパースカートという格好はこの国によくいる田舎の少女といった出で立ちだった。

その姿がなぜか遠い記憶と重なって――。

「ミハル⁉」

思わずツェツィは飛びおきてしまった。前世でプレイしていた恋愛ゲーム『聖獣少女』のオープニング画面の映像が音楽とともに頭のなかでよみがえる。

真っすぐで艶やかな栗色の髪に、くりっとしたすみれ色の瞳。

平凡さを漂わせながらも愛らしいたぬき顔。

ゲームのヒロインに間違いない。

ミハル――水春というのはプレイヤーが名前を入れなかったときのデフォルトの名前で、公

式がプレイヤーを指すときに使う名前だ。記憶のなかにある姿よりちんまりと小さいけれど、繰り返しプレイしたゲームのキャラだ。見間違えるはずがない。

「おねえさん、いまおきたばかりなのにどうして私の名前をしっているの？」

あどけない少女は、意外なほど落ち着いていた。むしろ飛びおきたばかりのツェツィのほうがなにが起きたのかわからなくて混乱している。

「どうしてって、だってミハルは『聖獣少女』のヒロインでヒーローとくっつく過程で世界の救世主ともなる存在で……――ってギュンター？」

突然現れたミハルにとまどうツェツィの体をがっしりと掴む腕にも驚いてしまう。

ギュンターが身を乗りだすようにしてツェツィに抱きついていた。

「ツェツィ……よかった……おまえがもう目を覚まさないのではないかと思った」

「目を覚まさないって、そんな大げさな……え？　どういうこと？」

自分で口にしておいて、一拍置いて違うと思った。

昼でも薄暗い天幕のなかは、冗談を言えるような空気感でもない。幼い子どもがいるのも違和感があるが、それ以上にどこか深刻な雰囲気が漂っていた。

（大げさじゃ……ない？　そういえばわたし、ギュンターに神聖力をあげてしまったら死ぬかもしれないと思っていたんだ……）

　意識を失う前の記憶が少しずつよみがえってきて、逆に目を覚ましている自分の手が透きとおっていないかと確認してしまった。

「わたし……生きてる⁉　なんで？」

　幽霊ではない。ギュンターの髪に触れれば、さらりとした滑らかな感触が伝わってくる。

　何度も何度も指を通して、それでもその感触が信じられないでいると、急にギュンターが顔を寄せてきた。

　ちゅっと軽く唇を重ねられて、ツェツィはあわててミハルを見てしまった。

「ギュンター……こんな子どもの前で……恥ずかしいでしょう！」

「なぜ恥ずかしい。私たちは夫婦なんだからキスをするなんてあたりまえのことだろう……変か？」

　焦るツェツィをよそに、ギュンターは当然のようにミハルに尋ねている。

「ううん。仲がいい『ふうふ』っていいと思う」

　うんうんとミハルは微笑ましそうにうなずいている。

（ミハルがここにいるってことは……もしかして、わたしは……死にかけたけど、ヒロインの恩寵で一命をとりとめたってこと？）

「いったいなにがどうなっているの？」

意識を失う前の自分の行動を振り返ってみても、なぜ唐突にすべてがうまくいっているのかが理解できない。

どうやら眠っている間に時間が飛んでいるようだった。

まるで初めて自分が転生したことを知ったときのような茫然自失の感覚に襲われる。

困惑するツェツィのそばでギュンターはいまにも泣きだしそうな微笑みを浮かべていた。

「なにがって……私を助けるために無茶をした妻が、今後同じことをしないように、どう叱ったものか悩んでいるところだ」

そう言いながらギュンターはまたツェツィの頬にバードキスを落とした。

まるで自分の妻はどこを啄んでもおいしいと思っているかのような甘ったるさだった。

† † †

数日たって臨時の停戦協定が発効され、正式な和平交渉への一歩を踏みだした。

形はどうあれ、戦争は終わったのだという明るい空気が軍営地に流れる。

ツェツィを回復してくれたすごい能力者とはいえ、ミハルは小さな女の子にすぎない。

ひとりで帰すわけにはいかないので、この停戦協定を待ってツェツィとギュンターが村に送ることになっていた。

「じゃあツェツィおねえさん、またね。おてがみを書くからかならずおへんじちょうだい！」

ミハルは元気いっぱいの声を張りあげ、大きく手を振る。

三年後には死ぬ運命のモブだったはずの自分がヒロインと仲良くなっていいのだろうかなどと一瞬考えてしまったけれど、いまさらだった。

推しを好きになった時点で、もうここは前世のゲームの世界ではなく、ツェツィにとっても現実なのだ。

（だから……いいのよね。ただ旅先で知り合った子どもと文通するだけだもの）

汚れに強い旅装用のドレスを着たツェツィは、ボンネットの帽子をかぶり、ミハルに手を振りながら馬車に乗りこむ。

元気で明るい少女は馬車が丘の上に消え、その姿が見えなくなるまで、ずっと飛び跳ねながら手を振っていた。

ツェツィとギュンターは馬車で三日かけて時空跳躍の開かれた聖教会へ向かい、枢機卿の特権を使って、そこから一気に王都へ帰ってきた。

時空跳躍はそれ自体、恩寵を必要とするため、無限に使えるわけではないらしい。

王都の聖教会まで戻ってくると、クレヴィング伯爵家のタウンハウスは目と鼻の先だ。

つづら折りの坂道を上り、貴族の屋敷が建ちならぶ上街へと向かった馬車は、瀟洒な屋敷の馬寄で停まった。

王都に戻ったと同時に先触れが届いていたようだ。

馬車を降りるなり、玄関から使用人たちが次々に飛びだしてくる。なかでも、真っ先に近づいてきて頭を下げたのは、もう老年にさしかかった女官長だった。

「旦那さま、奥さま——戦場の状態が緊迫しているという噂でしたので……ご無事のお帰りでなによりです」

驚いたことに女官長はふたりの帰還をよろこび、涙を浮かべていた。

家令のタイラーと女官長のタバサをはじめ、クレヴィング伯爵家の人々は、ツェツィたちふたりだけでなく一緒に戻ってきたベティとトーマスもあたたかく迎え入れてくれた。

荷物を屋敷のなかに運びこみ、一息つくころには応接室にあたたかいお茶が運ばれてくる。

ギュンターがタイラーから急ぎの書類を見せられて署名をしたり、留守の間の屋敷のなかの話を聞いたりして忙しくしていた間、心配のあまりギュンターとツェツィの顔を見たがる使用人たちがなにかと用を作っては現れて、あわただしくも和やかな時間になった。

「あまりにも心配していたので、女官長なんて『私もついていけばよかった』なんて言って大変だったんですよ」

家令が種明かしするように言うと、女官長は耳まで真っ赤になっていた。

「タイラー……おやめなさい！　ただ、ベティひとりでは奥さまのお世話の手が足りなかったのではないかと思ったまでです」

いつもは厳しい表情しか見たことがない女官長の、意外な姿を見たようで、それもまたしあわせな気持ちにさせてくれる。

ささやかな日常は、戦場で半月過ごしたあとでは、かけがえのない時間に思えた。

ギュンターと視線を交わし、軽いキスをする。ただそれだけのことでこんなにも満たされている。

（生きていられるからこそ、この時間を楽しめるんだわ……）

正直に言えば、ギュンターに説明されてもまだ信じられない。

彼は医官や軍営部の兵士たちの協力を得て、偶然にもヒロインのミハルの助けを得たのだと言う。

（わたしは三年後に亡くなる予定だったけど、ゲームがはじまるのはいまから十年後で……つまりミハルはいま八才?）

「八才にしてはずいぶんしっかりしていたけど……そこはヒロイン補正なのかしら?」

アンハルト公爵にいいように手綱を握られている国王にしか見えないが、その息子の第一王子はゲームのエンディングでは国を立て直す英雄王になるとされている。

一番メインのヒーローである第一王子と、ツェツィはまだこの世界で会ったことがない。彼もミハルと同じようにまだ幼く、国の催事で遠目に見かけることはあっても、社交界に出てくることは滅多にないからだ。

（第一王子はともかく、あんなにしっかりしているミハルが王太子妃に——ひいては王妃になるのなら、この国の未来も意外と明るいのかもしれない）

前世でゲームをしているときは、プレイヤー名を自分の名前でやっていたし、自分がヒロインだった。まさかデフォルトのヒロインとこんな形で出会うとは思わず、彼女をどう受けとめたらいいのか、まだわからない自分がいる。

なにより怖いのは、手紙のやりとりをするときに、うっかりネタバレをしそうな自分だった。

そんなささやかな頭の痛い問題もありつつ、もっと切実に解決しなければいけないことがツェツィにはあった。

「ギュンター、あの……少しふたりだけで話せるかしら？　その、できれば応接室ではなくギュンターの部屋で……」

そう言って話を切りだすと、ツェツィは人を下がらせるのではなく、お茶をギュンターの部屋に運ぶように使用人に頼んだ。

螺旋階段を上り、タウンハウス二階の広い廊下を歩いていると、ここで女官長と言い争いになり、ギュンターの部屋の扉を守っていたのがずいぶんと遠い昔の話のように思えてくる。

侍女がお茶を運んできて、部屋にふたりだけになると、しばらく気まずい沈黙が流れた。

（そういえば、ここのソファでギュンターに押し倒されたこともあったっけ……）

思いだすとなんだか照れくさくなり、余計に言葉が出てこない。

（それでも、わたしが生き残れる見通しがついてきたからこそ、きちんとギュンターに打ち明けておきたいことがある）

ツェツィは出されたお茶に砂糖とミルクを入れて、そのカップを口に運ぶと、ふーっと気持ちを落ち着かせてから口を開いた。

「ギュンター、その……わたしはですね。別にギュンターを救うためだけに無茶をしたわけではないのです」

「そうか」

軽く相槌（あいづち）を打っただけなのに、ギュンターの視線があまりにもやさしくて調子が狂ってしまう。いまから打ち明ける内容を彼が聞いたら、この視線も失ってしまうかと思うと、少しだけ胸が痛かった。

「それでツェツィはどんな理由があって戦場までついてくる決意をしたんだ？」

逆に問われて、そこは不自然に思われていたのかと気づく。

沈思黙考する性格のギュンターはおかしいと思っていても、その理由が明確になるまで黙っていてくれたのだろう。

彼のやさしさがありがたくて、生命の危機を乗り越えたあとでは、ギュンターが許してくれなかったら、自分はどうなっていたのだろうという『もしも』の未来を考える。

（わたしが三年後に生きていられるかはまだわからない。もし真実を打ち明けたらギュンターがわたしと離婚すると言いだしたら……ううん、やさしい彼のことだから、逆に離婚はしないかもしれないけど……）

――いまは彼からの愛情を失うことが怖い。

「あのね、ギュンター……わたしはなんの能力もないけど、『魔力過多症』という病気なの。いまはまだ解明されていない病で……治療方法はおろか症状や病名すら決まっていない……」

「ツェツィが『まりょくかたしょう』？　聞いたことがない病気だが……どんな症状が現れるんだ？」

聖教会の枢機卿が知らないということは、やはりまだこの時代には『魔力過多症』は解明されていない未知の病なのだろう。

（ゲームがはじまる十年後にはすでに判明しているんだから、『ツェツィ』の症状の記録はそ

の先駆けなのかもしれない)

自分の体を抱きしめながら、ツェツィは勇気を振りしぼった。

「わたしのなかには溢れんばかりの神聖力があるんです。でも、いくら神聖力があっても、わたしにはそれを外に吐きだす恩寵がない。だから体のなかで強大な神聖力が暴れてしまい、少しずつ神聖力を入れた器が——私の体が壊れていくという病気なの」

だからツェツィは『体が弱い』。本当に肉体が弱いわけではなく、内側から常に攻撃され、体を神聖力にぼろぼろにされているせいだ。

「その『魔力過多症』を放置していたらわたしは死んでしまう……だからギュンターを利用したの。浄化任務から帰ったあと、聖祠堂でわたしを抱いたらギュンターは体が軽くなったでしょう？　あれは魔素汚染されていたギュンターにわたしの神聖力が流れこんだせいなの」

「……そういうことだったのか。あんなにすぐ回復するのはおかしいと思っていた。熱は出たが、あそこまで変色した肌の色がすぐに元に戻るなんて……普通だったらありえない」

枢機卿という立場上、ギュンターはツェツィより魔素汚染に詳しいはずだ。

そのギュンターが肌が汚染されるほどの魔素汚染が通常どのぐらいで治るのか知らないわけがない。やはりおかしいとは気づかれていたのだった。

「ツェツィが『まりょくかたしょう』——『魔力過多症』か？　その病気だったとして……っ

まりツェツィは自分の病を治すために私との初夜を迫ったと言いたいのか」

「そうです」

うなずいたツェツィに対して、ギュンターはすかさず鋭い突っこみをくれる。

「まだ一般的に病名もわかっていない病気をおまえはなぜ知っていて、どうして私との行為で治ると確信していたんだ？」

「ギュンターとの初夜は、死亡フラグがない『ツェツィ』にとって、明言されているなかではもっともてっとりばやい生き残る方法だったから……」

「死亡フラグとは……なんだ？」

ギュンターの疑問にツェツィはなんて答えたものか考えた。

「その、かいつまんで言うと、結婚式のときにわたしは少しだけ未来がわかる能力に目覚めたのです……そのおかげで自分がそのうち死ぬことと、ギュンターにも身の危険が及ぶことを知りました。自分の死を避け、ギュンターを助けるためには、あのとき、どうしてもギュンターと初夜を迎える必要があったの」

ここがゲームの世界で、自分が別の世界からの転生者だという説明は、さすがに複雑すぎてできる気がしなかった。肝心なのは、この世界の知識をほかの人よりも少し先にツェツィが知っているということだろう。

「そしてその、性行為……に関してギュンターは多分、誤解していると思うんです」

「誤解とは？」

向かいに座っていたはずのギュンターが、その距離がもどかしいとばかりに、二人掛けソファの、ツェツィの隣に移って距離を詰めてくる。

肩が触れあう距離にいられると、直接、肌に触れていなくてもギュンターの体温を感じるようで、どきりとさせられた。

うかつなことを話してしまいそうなのが怖い。

「わたしと交わると神聖力が流れこんだせいで体調がよくなるでしょう？　ギュンターはその感覚を好意だと誤解していると思うんです……」

しっかりしなくてはと思っていたのに、語尾に向かうにつれ声が小さくなり、視線を逸らしてしまった。

「だからギュンターがわたしを好きだという感情は……魔力過多症のせいなんです」

——言った……言ってしまった。

正直に言えば、推しからの愛情を失いたくはない。

嘘を吐いてでも、ずっと好きだという感情を向けていてほしい。

一方で、嘘を吐いたままでは、その愛情を心から信じられない自分がいた。

（だってギュンターに心から愛されたいし……彼にも心から愛する人がいてほしい）

矛盾するようだが、やはり推しであるギュンターのしあわせは譲れない。彼がしあわせでいてこそ、ファンであるツェツィもしあわせになれる。

ツェツィが神聖力をわけ与えることで、ツェツィも死ななかったし、ギュンターの体も壊れなかった。このまま順当に行けば、ギュンターはヒロインと結ばれなくても生き残れるし、次期教皇になれる可能性がある。

（ゲームで言及されていたギュンターの過去とは違いすぎる未来だけど、そんなことに構ってはいられない。わたしもギュンターも最大限しあわせになれる方法なら、ゲームをめちゃくちゃにしたっていい）

――わたしたちにはここが現実だから……。

ぎゅっと手を組んで握りしめていると、不意にギュンターの手がその上から重ねられる。

「おまえの神聖力で私が体調がよくなったとして……それがおまえの個性ということだろう？　それで私がおまえを好きになったとしてなんの問題があるんだ？」

「え？　いや、でも……」

（あれ、なんだか思っていたのと違う反応が来たような……？　あれ？）

「え、でも勘違いでしょう。気分がよくなったのを愛だと錯覚していたってことですよ？　その……むっとしたりするもんじゃないですか。わたしに騙されていたって怒ってもいいんですよ？」

立てつづけに言葉を重ねて訴えてみたけれど、自分でもなにをそんなに焦っているのかわからない。ときどき見せるギュンターの素直な反応は、ツェツィにとって理解できない思考で、とまどうばかりだった。

「初夜で体が軽くなったせいもあるが……私がおまえのことが気になったのは、おまえがときどき見せる芯の強さのせいだ」

ツェツィの頬を撫でる指先はその台詞を裏付けるように、声にならない言葉で訴えかけてくるようだった。

「おまえはいつも私が仕方ないとあきらめたことをあきらめなかった……政略結婚の妻とは話もしない、関係も持たないと決めていたのに、おまえの強い意志に覆されてしまった」

「ギュンター……」

「私が決めたことを覆されたはずなのに、なぜか爽快だった——多分……私は自分で決めたこととはいえ、本当におまえを政略結婚の妻として無視していたら後悔する羽目になっていただろう……だから、私はおまえに感謝している」

間近でツェツィを見つめる灰褐色の瞳はやさしくて甘い。別れを切りだされるかもしれないと怯えていたはずなのに、思わず胸がきゅんとときめいてしまった。

思いがけないところで溺愛めいたファンサをもらってしまうと、ツェツィの心のなかの団扇が反応してしまう。

(団扇百個、振りたい……いや実際のライブ会場で百個振ったらただの迷惑だけど、そのくらい五体投地するレベルの推しのとうとさよ……)

「その芯の強いおまえが家族に対しては弱気になる様子を見て、守ってやりたいと思った。それが愛おしいという感情で、私は形ばかりの妻のはずのおまえを心から愛していることを、自分自身、ようやく気づいたのだ」

面と向かって言われると、かぁっと頭の芯まで熱くなる。

ギュンターから怒濤の告白をされるなんて――。

こんなことがあっていいものかと、ツェツィの体温は勝手に上昇しっぱなしだった。

「そ、それだけじゃありません。初夜のときも今回の戦場でも、わたしがギュンターを助けたためにギュンターは危険な目に遭ったんです。わたしがギュンターを癒やさなかったらギュンターはもっと早くに体を壊してしまい、戦場から撤退することになったはずです。そうすれば、あんな魔獣に襲われることはなかったんです……」

彼を救うつもりが逆に危険な目に遭わせていた。

それだけはツェツィ自身、どうしても自分が許せない。

ひとつ間違えたら、未来にではなく、あの魔獣と対峙した瞬間に、ギュンターを失っていたかもしれないのだ。

ここまで言えば、さすがのギュンターもツェツィにやさしい目を向けてこないだろうと思ったのに、ギュンターの手はツェツィの手を掴んだままだった。

「確かに、おまえの言うとおりなのかもしれないが……起きた現実は変えられない。それと同じように、一度、自覚したからには私の心も簡単に変えられない」

手を離されたかと思うと、髪を撫でられる感触にどきりと鼓動が跳ねる。期待してはダメと思えば思うほど、逆に強く期待する自分がいた。

「そ、それは……わたしが真実を打ち明けても、ギュンターはわたしを……好きだということですか」

面と向かって訊ねる勇気はなくて、俯いたまま、自分の組んだ指と指をもてあそびながら口にする。

「そう言ったつもりだが……足りなかったか？」

顎に指先を添えられ、顔を上向かされて、無理やり視線を絡められる。

「ツェツィ、好きだ……聖なる翼と聖なる鱗にかけて私はおまえを愛している……たとえ蒼穹が落ちても、聖獣オルキヌスに祝福されたこの地が崩れても、大海が涸れようとも……私はおまえを愛しつづける。互いに息絶えるその日まで……そう誓っただろう？」

顔を寄せて囁く声は甘くてやさしくて、その声を聞いているうちに、端整なギュンターの顔がなぜかぼやけてくる。ちゅっと唇に軽いキスをされると、堪えきれなかった雫がぽろりとツェツィの瞳から溢れた。

「……本当に？」

「こんなことで嘘を言ってどうするんだ。命をかけて私を守ってくれたのに、自分が助かるためだったと聞いて……そのせいでさらに危険な目に遭わせたからと言われただけで簡単に嫌いになれると思うのか？　ツェツィは物事を複雑に考えすぎだな」

──そうかもしれない。

（二次元だとか三次元だとか……ここがゲームのなかだから過去を改変したらダメかもとか、ギュンターは推しだからお触り厳禁だとか……）

考えてみれば、色々と前世のしがらみに囚われていた。

「もっと単純に考えてもいいのかな……ただわたしがギュンターが好きだからそばにいたいって思っていても……いいですか？」

「そんなの……いいに決まっている、ツェツィ。私たちは夫婦なんだから」

ぎゅっと抱きしめられると、ギュンターのあたたかな体温が伝わってくる。

「うまくいかないこともあるし、言い争うことだってあるだろう。でも、そういうのはお互いが違う人間なんだから当然だろう？　私という個性とツェツィという個性を、魔素汚染による神聖力の欠損と、溢れるほどの神聖力を持つおまえとを――引き合わせてくれたのは聖獣オルキヌスによる祝福の賜物（たまもの）だ」

髪に指を挿し入れられ、やさしく撫でられる感触が心地よい。

ギュンターの低い声がツェツィのなかに沁（し）みわたるように響いてきた。

「それとも……ツェツィは自分の体が助かったら、もう私と子作りするつもりはないということか？　ツェツィにそっくりな子どもが欲しいという私の願いは叶えてくれないのか？」

そんなふうに言いながらギュンターはツェツィを抱きあげ、膝の上に載せてしまう。

推しの顔が間近に迫って微笑むから、その甘やかさになんでも許せる気分になる。

ギュンターの首に手を回したツェツィは観念するように呟いた。

「う……そんな言い方ずるいです。わたしだってギュンターにそっくりな子どもが欲しいに決まってます」

「じゃあ、こんなにおいしそうな妻を目の前にして、なぜ私はおあずけを食らっているんだ？」

ちゅっと、ギュンターはツェツィのローズピンクの髪を手にとり、その端に口づける。

髪には感触なんてないはずなのに、その甘やかな仕種にツェツィはもう陥落寸前だった。

とどめのように、ギュンターが耳元に唇を寄せながら言う。

「おまえは結婚の契約を持ちだして私に初夜を迫ったな。初夜の交わりはすでに三日間以上つづけたが、本来、聖獣オルキヌスの言う初夜とは子どもができるまでを言う……枢機卿の私に、聖獣オルキヌスの教えを破れというのか？」

「そ、それはもちろんできるだけ頑張りたいと思いますけども……子どもができるまでなんて、どう考えても人間には無理ではないかと……」

聖獣とはそんなに精力がありあまっているものなのだろうか。

ハウンド平原の軍営地にいたときは、ギュンターを救うために必死で彼を襲っていたはずなのに、いざ毎日やりつづけると宣言されると、ツェツィは及び腰になってしまった。

なのに、もうツェツィの言質をとったとばかりに、ギュンターの指先はブラウスのリボンをほどいている。

馬車に乗っていたときに着ていたボレロは、さっき応接室に入ったときに脱いでしまったし、今日のツェツィは、ブラウスにスカートという動きやすい出でたちだ。

馬車で揺られても気分が悪くならないように、コルセットも前でゆるく締めただけだった。

ブラウスの前をはだけられると、簡単に双丘を露わにされてしまう。

「ひゃっ、ちょっとギュンター……！」

むに、と体に回された手で胸を掴まれ、たまらずに抗う声が漏れた。すると、逃げだすのは許さないとばかりにツェツィが弱い胸の先をきゅっとつまみあげられる。

「あぁっ、待っ……ふぁっ、ンあぁ……ッ」

胸を揉みしだかれるたびに、ツェツィの紅を引いた唇から鼻にかかった声が漏れる。

「待たない。もう私は十分『待て』をしたはずだ……ツェツィ。私の忍耐は今日はもう品切れだ」

そんな訳のわからないことを言いながら、胸の先へと舌を這わせたからたまらない。

ギュンターの甘い言葉に蕩かされていたツェツィはびくん、と背を弓なりにしならせて軽く達してしまった。一気に体温が上がる。

「んっ、あぁ……もぉ、ギュンター……」

とろり、と体の奥が疼くのがわかる。それを見透かしたように、

「ダメか？」

と愁い顔で聞いてくるのはずるい。

あまりの顔のよさになんでも許したくなってしまう。

「もう……一回だけですよ？　このあと夕飯までに戻らなかったらみんなに……なにをしていたか知られてしまうじゃないですか」

帰ってきたときに足を洗ったが、体は清拭（せいしき）していない。

「汗臭いかもしれないし……」

ツェツィが、肩だけはだけたブラウスの匂いを気にするように嗅ぐと、ギュンターはむしろ匂いを嗅いでやるとばかりに、ツェツィの胸に顔を埋めた。

「あっ……痛っ……」

吸いあげられるときの鈍い痛みにはもう慣れてきたものの、声は抑えられなかった。

「ツェツィがあんまりにもかわいいことを言うから、一回で終われるか自信がないな」

うれしそうな声で言われても、こればかりは許すわけにはいかない。

ただでさえ、いまこの屋敷の住人は、隙があればツェツィとギュンターの顔を見ようとしているのだから、交わっている最中に人が呼びに来たら目も当てられない。

（わたしの女主人としての立場を守るためにも……いや待って。もともと女主人としての立場を守るためにギュンターに抱いてもらったんだから、それはそれでありなのかも？）

ツェツィとしても別にギュンターに抱かれるのが嫌なわけではない。

推しから抱っこされて襲われるなんて、むしろ自分の好きな展開だった。

「じゃあ……その、誰かが呼びに来るまでなら、してもいい……です」

妥協に妥協を重ねて、真っ赤な顔でうなずいてしまった。

すかさずギュンターが了解のキスをする。

「じゃあ、それまで何回ツェツィをイかせようか……」

紳士的な顔に似合わぬことを言ってギュンターはツェツィのスカートをペチコートごとまくりあげたかと思うと、くるりとツェツィの体を回して自分の上に跨がらせた。腰に手をあてがいながら、器用にドロワーズを脱がせている。

「今日は……向かい合って顔を見ながら……したい」

吐息混じりに低い声で囁いて、また唇を啄んでくる。

舌を入れて搦めとられるようなキスもいいけれど、こういったちょっとしたやりとりめいたバードキスは甘ったるくて、それでいて深い愛情が感じられる仕種にも思えて、ふわりといい気分にさせられてしまう。

(だから、いい気分になると……好きになってしまうのは仕方ないのね)

ギュンターと交わることでギュンターをいい気分にさせるのが、ツェツィの個性ということなのだろう。

いつのまにトラウザーズの前を寛げていたのだろう。

反り返った屹立を濡れた蜜壺にあてがわれると、陰唇が切っ先で擦れるだけで、ずくりと体の芯が期待に疼いた。

「ンぁあっ、ギュンターのそれ……大きすぎッ」

ぐぐっと体の奥を貫く感覚に、うめき声と嬌声が入りまじった声が漏れる。

「そうか……ツェツィのその喘ぐときの顔がかわいすぎるせいだから、責任をとってもらわないとな」

そう言いながら腰を動かされると、体の奥で肉槍が蠢いて、ぞくりと背筋に愉悦が走る。

「ひゃ、ンあんッ……あぁっ、あああ……――ッ」

頭のなかで光がはじけて甲高い声がほとばしった。快楽の波に呑みこまれて、一瞬、意識が飛びそうになる。

「そのイくときのツェツィの顔、かわいい……ずっと見ていたい」

「んぁっ、もう……無理……今日のギュンター、なんでそんなに攻め様なの……」

いつになく、交わるときのギュンターの反応がよすぎて、甘い台詞を耳元で囁かれるたびに体中の力が抜けてしまう。

普段はただ愛しげな目で見つめるくらいで、ことさら甘い言葉を囁く性格ではないのに、こういうときだけは妙に饒舌だ。

快楽を感じているところに「かわいい」は反則だと思う。

きゅんと切なく疼いているのが体の芯なのか、心なのかわからなかった。

「私はいつでもツェツィを落とすために本気なだけなんだが……ほら」

腰を上げて揺さぶるようにして落とされると、また肉槍が膣壁の感じるところを抉ったようだ。声もなく、軽い絶頂に上りつめてしまった。

「あ、あぁっ……ンぁああッ……は、ぁ……ッ！」

揺さぶられるたびに、その律動に合わせて声が漏れる。

貫かれた状態で胸を揉みしだかれるのも、快楽と快楽を掛け合わされた感覚に、恍惚とさせられる。さらには、くちゅりと淫らな音を立てて、接合部あたりで膨らんだ淫芽を指でもてあそばれるのも弱かった。

爪先から頭の芯まで快楽に蕩かされた体が、びくびくと痙攣したように跳ねる。性感帯を責められて絶頂に導かれるのは、嫌なことをすべて忘れてしまいそうで少しだけ怖い。

「わたしもう……いきそう……ギュンター……」

早く達したいとお願いするなんて、いったいいつからこんなに淫らな自分になってしまったのだろう。

でも、正直にお願いしないと今日のギュンターは終わってくれそうにない。

まだ余裕を見せる整った微笑みに、嫌な予感しかしなかった。

「へぇ……ツェツィが気持ちよくても、私はまだまだ達しそうにないんだが」

「ギュンター……お、お疲れのはずなんですから、無理はよくありませんわよ……ひゃうっ」

銀髪をかき混ぜながら諭そうとすると、肉槍を抽送され、ツェツィの口から変な声が漏れた。

「どんなに疲れていても、妻を食べるのは別腹だ」

そう言いながら、まるで頬を食べると言わんばかりに啄んでくる。

「でも、今日の夜はきちんと休んでくださいね。旅の疲れもあるんですから、しばらく静養しないと……領地の仕事も溜まっているでしょうし……」

早く終わらせようと小言を言いだしたと思ったのだろうか、どこか拗ねた顔をして、ギュンターが言う。

「あんまりおあずけを食らわされると、そのあと抱いたとき、ツェツィにやさしくできるかわからないな……どっちがいい？」

腰を撫でられるのが弱い。胸の先をもてあそばれるのが弱い。

ギュンターにはツェツィの体のどこが感じるのか、すっかり知られているのだろう。

するりと大きな骨張った手で腰を愛撫されて、ずくりと体の芯から快楽を掻きたてられる。

「ギュンターの意地悪……やさしくして、ください……」

もぞ、と感じる部分に当たるように腰を動かすと、その動きを悟られたのだろう。一回、肉槍を大きく抽送されて、ずくりと膣壁が蠕動するように蠢いた。

「そうだな……私が悪かった。妻に嫌われないようにやさしくする」

そう言いながら、ギュンターは腰を動かして、抽送を激しくした。

「ツェツィの顔を見ながらしたいという希望は叶えてもらったから、私もツェツィのお願いは聞かないとな」

そう言いながら、ツェツィをソファの上に押し倒して、足を大きく広げられる。

そのまま激しくなる一方の突き方にツェツィの頭のなかは真っ白になった。

「あっ、あっ、あぁ……――ンぁああッ……――」

びくびくっと大きく体を揺らして、体の奥に精を受けた感覚に果ててしまった。

† † †

ツェツィの決死の告白をギュンターはひとつの個性と受けとめてくれた。

もちろんすべてが解決したわけではない。それでもギュンターと一緒にいられるしあわせをツェツィは噛みしめていた。

（今日の推しも顔がよい……スクショできないのが残念だけど、ギュンターの顔を毎日見られてしあわせ……）

今日、ツェツィはギュンターと街に出てきた。

しばらく王都を離れていたせいか、人で賑わうショッピングモールがなおさら華やかに見える。円形の天井に覆われたアーケードを歩くのは、実はデートだった。

アーケードの下には、小物を売る店から帽子屋、様々なお茶を取り扱う店など、個人が経営する店がひしめき、まるで小さな宝石を集めた万華鏡のようだ。

店をのぞきながら歩いていると楽しくて、いくら時間があっても足りないほどだった。

枢機卿の肩掛けをしているギュンターの腕に掴まりながら歩くと、見知らぬ人が挨拶をしてくる。

ギュンターはその挨拶に軽く会釈をしたり言葉を返したりして、笑みを浮かべている。

街の人と言葉を交わすギュンターはどこかうれしそうだ。

「戦場から帰ってきたからこそなおさら、王都の平穏がありがたく感じるな……」

魔獣に襲われることもなければ、敵国との衝突で傷ついた兵士が、突然、運びこまれることもない。

行きかう人々の多くは笑いさざめき、生き生きとした表情をしている。

「そうね……」

傷病兵を看病していてもどこか他人事だった。

この世界で命を失うかもしれないと思ったのは、翼を持つ魔獣に襲われそうになったときだ。

巨大な魔獣は恐ろしくて、その大きな爪をツェツィに向けながら上空から降下してきたときは絶体絶命だった。

（あのとき、ギュンターが来てくれなかったら……）

ツェツィはぎゅっとギュンターの腕に身を寄せて、

「今日はわたしの我が儘をいっぱい聞いてくれるんでしょう？」

甘えた声を出した。

こういうときのギュンターはいつもやさしい。ツェツィが思うよりずっとギュンターは大人で、それでいて素直にツェツィの言葉に耳を傾けてくれるのだった。

「買い物以外にツェツィがやりたいことがあるなら、なんでも……我が妻の仰せのままに」

芝居がかって言われたので、ツェツィもそれに乗るように背伸びして、ギュンターの耳に口元を寄せて言う。

「あのね、行きたいところがあるの」

そう言ってツェツィはギュンターに思いっきり抱きついた。

ゲームの詳細を思いだすことはなくなったいまでも、印象的なスチルになっていた場所は、ツェツィにとって憧れのデートスポットだった。

有料の庭園の料金を支払い、咲き初めの薔薇がまだまばらにしかないアーチをくぐり抜けて、奥へと進む。

ツェツィは日よけ用の傘を差し、ギュンターの腕にエスコートされて小径を歩く。

建物をぐるりと回るようにして歩いていくと、夕刻の空は昼から夜へと少しずつ色を変えていった。

「ここです。どうしてもここに来たかったの！」

石畳で舗装された展望台は崖に張りだすようにして作られており、王都ウォルウェルのもうひとつの姿が見える。

丘に連なるようにして作られた王都には、遠く離れた水源地から水が運ばれており、高低差がある谷間には、煉瓦造りの水道橋が聳えたっていた。

残念ながら写真は撮れないし、スクショも撮れない。そのかわり、何回も推しとこの場所に来ることができる。

「夕日が照りかえす水道橋とおまえのローズピンクの髪とが……よく似合って綺麗だな……」

ギュンターがツェツィの髪に触れ、そっと腰を抱きよせる。

その瞬間が、端から見ればきっとゲームのスチルに負けないくらい素敵な映像になっていると確信できた。

「ツェツィ、ふたりで過ごすこんな時間も悪くないな」

これからもひとつずつ乗り越えていこうと、前向きに気持ちになれたのはギュンターの言葉のおかげだ。

「はい、ギュンター。ときどきは仕事を休んで、こうやってデートしてくださいね」

ふたつの影は夕日が沈んでいくときの薔薇色の水道橋を背景に、そっと重なったのだった。

エピローグ　しあわせな日々は笑い声とともに

――三年後。クレヴィング伯爵家の中庭には、はしゃぐ子どもの声が響きわたっていた。

「ギュンター、子どもをそんなに高く抱きあげたら危ないですよ」

ベランダの柵越しに庭を見下ろしたツェツィの目に、大好きな推しとその推しにそっくりな子どもが仲良く遊んでいる姿が飛びこんできた。

中庭の芝生で遊んでいるし、子どもは軽いから彼が落とすわけがないとはわかっている。それでも、背の高いギュンターに抱きあげられると、ツェツィでさえときどき目を回しそうになるのだ。

子どもが手を振り回す姿を見ると、ひやひやさせられて、思わず大きな声で叫んでしまう。

「大丈夫だ。聖獣オルキヌスに愛された子どもだから、ウィンターは空が好きなんだ」

そう言いながら、また高い高いをするギュンターのデレた顔と言ったら見ていられたものではない。絵に描いたような親馬鹿ぶりだった。

（ギュンター推しのソサエティの人が知ったらどんな顔をするかしら……）

いたずら心半分で見せられるものなら見せてあげたい。

色々あって、いまはツェツィがギュンター推しのソサエティを仕切っており、ときにはファンイベントも開くようになった。

それは自分の父親をはじめとして、ギュンターと敵対していた派閥に対抗するためであり、中立派の貴族と顔馴染みになっておく集まりともなっていた。

おかげでギュンターと貴族との軋轢は少なくなっている。

追いかけるようにしてツェツィが中庭に向かうと、ウィンターと名付けられた子どもはツェツィよりもよく遊んでくれるパパが好きらしい。

「ほら、ウィンター。もう高い高いはやめてお昼寝しましょうね」

遊びすぎると熱を出してしまうくせに、ギュンターと遊ぶのが大好きなものだから、ツェツィは手を焼いている。ここは自分が悪者になるしかないと覚悟を決めて手を差しだしたのに、子どもはギュンターにしがみついて離れなかった。

「もう……ギュンターが甘やかすから、ウィンターはすっかりパパっ子になっちゃって……」

あなたのせいですよとツェツィがふくれ面をして見せると、ギュンターは肩をすくめてみせた。

「おかしいな？　パパと仲良しならツェツィのことが大好きなはずなのに」

ギュンターはそう言いながら体を折り、なだめるようにツェツィの頬に口づける。

（前世の記憶をとりもどしてから三年経ってもわたしは死ななかった……もちろんギュンターも体を壊していない）

前世の記憶はまだ残っているが、いまとなってはもう本を読んだような感覚でしかない。断片的に覚えていることはある。

しかし、ギュンターと子どもとクレヴィング伯爵家の愛すべき人々と、それにときどき届く、かわいいお友だちからの手紙とで彩られた現実は、ツェツィの記憶を鮮やかに埋めていった。

その記憶の狭間で、前世の記憶をときおり思いだすくらいだ。

アンハルト公爵家とは距離を保ってやりすごしている。決定的に断絶する出来事もなければ向こうからツェツィに手を出されることもない。父親とギュンターはたまにやりあうようで、ギュンターは王宮に呼びだされるたびに頭を抱えている。

実家は没落するとまでは行かなかったが、ツェツィが手を下さなくても借金を抱えて苦しんでいるようだ。義母と異母妹の贅沢もそろそろ限界だろう。

ふたりのことは、社交界で遠目に見かけるぐらいだった。

ツェツィがやり返すようになってからは、向こうもできるだけ関わらないようにしているようだ。うまく行ったわけではない代わりに、言葉を交わすほどの関係もなくなった。

（ここは現実だから、すべてがうまく行くわけではなくてもいい……）

ツェツィはようやくそう悟った。

七年後、ゲームがはじまる時期になれば、またなにかが変わるのかもしれない。ミハルは聖教会付属の大学に通うために王都に来るのだろうし、第一王子とも出会うはずだ。

そうなれば、ゲームのイベントで言及されていた魔獣が出てきたり、いまは和平が保たれているアスト王国ともまた戦争が起きたりする可能性はある。

生きているかぎり、自分が変化するだけでなく、周りが変化することからも逃れられない。

（わたしにできることは、自分の身の回りの人を守るために、できるかぎりの力を尽くすことだけ……）

それ以上のことは神の領域なのだろう。

どうしたってツェツィにもギュンターにもできないことはあると認めるしかなかった。

それでもギュンターがいて、彼にそっくりなウィンターがいて、その周りに笑顔が集まっていたらその瞬間は永遠に等しい。

「今度はツェツィにそっくりな女の子が欲しいな」

そう言って、誘いかけてくるときのギュンターはとびきり甘い微笑みを浮かべている。

「そうですわね……ウィンターをお兄ちゃんにしてあげるという提案は悪くないと思いますわ、猊下」

ツェツィは心のなかだけで『その顔最高！』『もっと笑って』という団扇を振りながら、ガーデンテラスの席でギュンターの肩に寄りかかった。

すかさずローズピンクの髪の端に口づけてくれるギュンターは、どんな王子さまよりも素敵だ。ツェツィの推しは沈思黙考型のクールなイケオジだったはずなのに、そのイメージが残っているのは頬骨が高く面長の顔立ちだけだった。

「んンぅ……」

ギュンターがツェツィにキスをすると、まだ幼いウィンターが真似をするようにお強請りする。

「あーパパ！　ぼくもぼくも」

ギュンターから愛情を示されたとき、最近のライバルはもっぱらウィンターだ。

「ここは同担拒否させていただきます……ウィンター、ほらママのお膝に乗って」

ツェツィが子どもをあやしていると、二人一緒に抱きしめられる。

「ツェツィ、ウィンター……聖なる翼と聖なる鱗にかけて……ふたりとも愛している」

「わたしもです……ギュンター。蒼穹が落ち、聖獣オルキヌスに祝福されたこの地が崩れ、大海が涸れようとも、愛しています……ふたりともわたしの一番の推しよ」

ツェツィの言葉にギュンターとウィンターはにっこりと微笑む。

——推しからの溺愛ファンサは、これからもずっと終わりそうにない。

あとがき

とてもお久しぶりです。あるいは初めまして、藍杜雫（あいもりしずく）です。

新刊出せてうれしいです！　乙女系小説としては三十三冊目、蜜猫文庫では七冊目の本をお手にとっていただきありがとうございます。

推しのために一生懸命になるヒロイン・ツェツィの物語、楽しんでください。

素敵なイラストを描いてくださった氷堂れん様、ありがとうございました。

やや前近代風のイタリアにも寄せていただいた枢機卿ギュンターがとても素敵です。飾りがたくさんある祭服は見た目が美しくて大好きです。

転生もループも好きでよく読むのですが、好きな要素を詰めこんでみました。

そして「皇帝陛下のスキャンダル☆ベイビー」のコミカライズが単行本化しております。紙書籍・電子書籍ともに全三巻で発売しておりますので、よろしくお願いします（宣伝）

小説と漫画はメディアとして近いようでいて表現にはかなりの違いがあり、小説を読んでる方にも楽しんでいただける内容になってます。

藍杜雫〔https://aimoriya.com/〕

蜜猫文庫をお買い上げいただきありがとうございます。
この作品を読んでのご意見・ご感想をお聞かせください。
あて先は下記の通りです。

〒102-0075 東京都千代田区三番町8番地1三番町東急ビル6F
(株)竹書房　蜜猫文庫編集部
藍杜雫先生 / 氷堂れん先生

デレた推しの溺愛ファンサにきゅん死です
死亡フラグ満載の枢機卿猊下の妻になりました

2025年4月29日　初版第1刷発行

著　者　藍杜雫　©AIMORI Shizuku 2025
発行所　株式会社竹書房
〒102-0075
東京都千代田区三番町8番地1三番町東急ビル6F
email : info@takeshobo.co.jp
https://www.takeshobo.co.jp
デザイン　antenna
印刷所　中央精版印刷株式会社

人間不信らしき伯爵コンラッドの婚約者として彼の屋敷を訪れたアンナは、彼に会えないまま埃だらけの部屋を宛がわれるも平然と伯爵家に居座り暮らし始める。彼女は子爵家の庶子の元平民で、政略結婚の駒として引き取られたのだ。コンラッドの幼い弟と交流し可愛がるアンナに、彼も警戒を解き心を開き始める。「変になってもいいですよ。見るのは私だけです」打って変わった猛攻と溺愛にとまどいつつもアンナも彼に惹かれ!?